暗号《あんごう》コード

だく点《てん》「〃」

例《れい》＞暗号《あんごう》ゲーム →

怪談 オウマガドキ学《がく》園《えん》

パソコン室《しつ》のサイバー魔人《まじん》

「ねてる間《ま》に……」

怪談オウマガドキ学園編集委員会
責任編集・常光徹　絵・村田桃香 かとうくみこ 山﨑克己

どこかにあるけど
どこだかわからない
この世《よ》とあの世《よ》の
さかいめあたり
昼《ひる》と夜《よる》とがまじりあう
オウマガドキは
ふしぎの時間《じかん》
戦状《じょう》

とびらがひらけば
そこが入《い》り口《ぐち》
クラスメートは
オバケと幽霊《ゆうれい》と妖怪《ようかい》と……
さあ、もうすぐ授業《じゅぎょう》がはじまるよ

オウマガドキ学園

「パソコン室《しつ》のサイバー魔人《まじん》」の時間割《じかんわり》

キャラクター紹介《しょうかい》

生徒《せいと》

幽麗華《ゆうれいか》
転校生《てんこうせい》。
クールな性格《せいかく》。

河童《かっぱ》の一平《いっぺい》
クラスではリーダー的存在《てきそんざい》。
学級委員《がっきゅういいん》。

オオカミ男《おとこ》のウォル
ベルトをしめるとオオカミに、
はずすと人間《にんげん》に変身《へんしん》する。

ドラキュラくん
にんにくや魔《ま》よけが苦手《にがて》。

イタッチ
スポーツ万能《ばんのう》。

とうふ小僧《こぞう》のきぬ太《た》
いつもとうふを
もちあるいている。

天狗《てんぐ》くん
頭《あたま》がよくて、
運動《うんどう》もできる。

座敷《ざしき》わらしの小夜《さよ》
ひとりでのんびり
するのが好《す》き。

牛鬼《うしおに》のウシオ
いたずら好《ず》きの
ガキ大将《だいしょう》。

雪娘《ゆきむすめ》のゆき子《こ》
音楽《おんがく》が好《す》きで、
歌《うた》もじょうず。

魔女《まじょ》のまじょ子《こ》
おしゃれ好《ず》き。

ミイラまきまき

ひかえめだけど、
とてもやさしい。

火《ひ》の玉《たま》ふらり

「空《そら》とぶほうきの会《かい》」

部長《ぶちょう》。

カラテンくん

ちょろちょろとして
おちつきがない。

ろくろくびのび太《た》

首《くび》をのばして話《はなし》に
入《はい》ってくる。

トイレの花子《はなこ》

気《き》が強《つよ》く、
はっきりものをいう。

人面犬助《じんめんけんすけ》

足《あし》がはやい。

タヌキのポン太《た》

食《く》いしんぼうで
おっちょこちょい。

キツネのコン吉《きち》

しっかりしているが、
ずるがしこい。

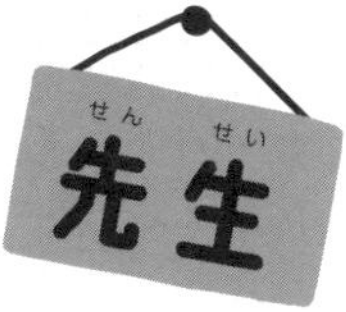

フランケン先生《せんせい》

パソコンの授業《じゅぎょう》の先生《せんせい》。
機械好《きかいず》きの天才発明家《てんさいはつめいか》
でもあるが、すこしたよりない
ところもある。

サイバー魔人《まじん》

学園《がくえん》に挑戦状《ちょうせんじょう》を
おくりつけてきた魔人《まじん》。
その正体《しょうたい》は……!?

はじまりのHR《ホームルーム》
こわしちゃだめだよ～
よっしゃあ！
わかんね～
えへへ…たのしみ！

今日《きょう》は、とくべつにパソコン室《しつ》で授業《じゅぎょう》です。

「パソコンをつかった授業《じゅぎょう》ってどんなかな？」

オオカミ男《おとこ》のウォルはきょうみしんしん。

「ゲームみたいな授業《じゅぎょう》だといいなあ」

となりの席《せき》のドラキュラくんも、期待《きたい》に胸《むね》をおどらせています。

油《あぶら》でよごれた白衣《はくい》をひるがえして、フランケン先生《せんせい》がやってきました。

機械《きかい》のことならなんでもおまかせの天才発明家《てんさいはつめいか》です。

「ウガ！　今日《きょう》はつくも神《がみ》パソコンのつかい方《かた》を教《おし》えるぞ」

「つくも神《がみ》パソコンってなんですか？」

さっそくウォルは質問《しつもん》しました。

「ウガ！　人間《にんげん》のつかうパソコンとちがって、わがはいたちのパソコンにはたましいがやどっている。だから、きげんをそこねると、ちゃんとうごいてくれないのだ」

するととつぜん、ウォルのパソコンの画《が》面《めん》が真《ま》っ黒《くろ》になってうごかなくなりました。

「うわ！　まさか、もうきげんが悪《わる》いの？」

教室《きょうしつ》のあちこちから生徒《せいと》たちのおどろきの声《こえ》が聞《き》こえます。どうやらみんなのパソコンもおなじようにうごかなくなってし

まったようです。

「先生《せんせい》、パソコンがへんです」

学級委員《がっきゅういいん》の河童《かっぱ》の一平《いっぺい》が、みんなを代表《だいひょう》していいました。

「どれどれ……ウガッ！　たしかにおかしい。完全《かんぜん》にフリーズしているな」

みんながざわざわしている中《なか》、すべてのパソコンの画面《がめん》にメッセージがあらわれました。

挑《ちょう》戦《せん》状《じょう》
オウマガドキ学園生徒《がくえんせいと》のしょくん、
わたしとしょうぶだ。
わたしが出《だ》すクイズに全問正解《ぜんもんせいかい》すれば、
パソコンはもとにもどそう。
答《こた》えはこのパソコンにメールしろ。
サイバー魔人《まじん》

「ウガ！　相手《あいて》にしてはいけないぞ。思《おも》わぬトラブルにまきこまれるからな」

ウォルはフランケン先生《せんせい》の言葉《ことば》にうなずきました。でも、なっとくはしていません。

（これはぼくらへの挑戦《ちょうせん》だ。ぼくらがなんとかしなきゃ）

ほかのみんなも、おなじ気持《きも》ちのようです。

「ウガ！　パソコンがつかえないから、今日《きょう》は人間《にんげん》の世界《せかい》のスマホやパソコンにかんする授業《じゅぎょう》をする。そのあいだに、わがはいがパソコンをしゅうりすることにしよう」
フランケン先生《せんせい》がそういった直後《ちょくご》、パソコンに一問目《もんめ》のクイズが表示《ひょうじ》されます。

第《だい》一問《もん》
ハサミより強《つよ》く、
紙《かみ》より弱《よわ》いものってな〜んだ？

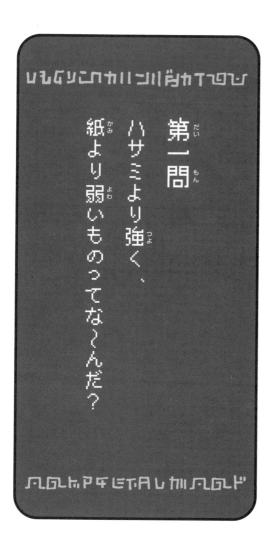

こうしてオウマガドキ学園《がくえん》の生徒《せいと》たちとサイバー魔人《まじん》とのクイズ対決《たいけつ》がはじまるのでした。

オー!
みんなでサイバー魔人《まじん》をやっつけよう!!

1時《じ》間《かん》目《め》

パスワードは「4219」

石崎洋司《いしざきひろし》

スマホをひろったのは、ショッピングモールの中《なか》だった。

友《とも》だちのたかしと、ソフトクリームを買《か》ったあと、食《た》べる場所《ばしょ》をさがしていたら、ベンチにおきざりになったスマホを見《み》つけたのだ。

「これ、最新型《さいしんがた》じゃん！」

たかしは、スマホを手《て》にすると、あちこちさわりはじめた。

「だめだよ、たかし。他人《たにん》のスマホをかってにいじっちゃ」

「平気《へいき》、平気《へいき》。っていうか、ロックされてるし」

たかしの話《はなし》では、スマホは、他人《たにん》にかってにつかわれないように、あらかじめ本人《ほんにん》がパスワードとして設定《せってい》した、四《よん》けたの数字《すうじ》を打《う》ちこまないと、操作《そうさ》できないようになってるのだそうだ。

「いいか？　ためしに、1・2・3・4って入《い》れてみるぞ。……ほら」

なるほど、画面《がめん》は、パスワードの入力画面《にゅうりょくがめん》のまま、かわらない。

「でも、てきとうにおしてたら、解除《かいじょ》できたりして」

そういいながら、たかしは、また画面《がめん》の数字《すうじ》をおしはじめた。

「そんなわけないでしょ。それより、わすれものとしてとどけなきゃ」

どこかに、警備員《けいびいん》さんとか、いないかな……。

「うわっ、ほんとに解除《かいじょ》できちゃった！」

たかしが大《おお》きな声《こえ》をあげた。

「じょうだんで、4219って、おしたら、解《かい》除《じょ》できたんだよ」

「4219？　なにそれ？　どこが、じょうだんなわけ？」

「だって、『4219』で『死《し》に行《い》く』だろ？」

なるほど。でも、そんな不吉《ふきつ》な番号《ばんごう》をパスワードにするなんて、このスマホの持《も》ち主《ぬし》もかわった人《ひと》だね。

「じゃあ、持《も》ち主《ぬし》のこと、聞《き》いてみようぜ」

たかしは、ボタンをおすと、スマホに話《はな》しかけた。

「このスマホの持《も》ち主《ぬし》はだれですか？」

そのとたん、スマホから、女《おんな》の人《ひと》の声《こえ》がながれでた。

——持《も》ち主《ぬし》は、シニガミさんです。

「すごい！　スマホが質問《しつもん》にこたえた！　どういうこと？」

「音声《おんせい》アシスタント機能《きのう》さ。これ、ねえちゃんのとおなじタイプだから、しってるんだけどさ。『近《ちか》くのコンビニ教《おし》えて』とか、話《はな》しかけると、ぜんぶこたえてくれるうえに、道案内《みちあんない》までしてくれるんだぜ」

へえ〜！　スマホって、すごいんだね。

「そうだ。ナビ機能《きのう》をつかえば、持《も》ち主《ぬし》の家《いえ》まで、スマホをとどけられるぞ」

たかしはそういうと、スマホの画面《がめん》をタップして、話《はな》しはじめた。

「自宅《じたく》までナビして」

――自宅《じたく》までご案内《あんない》します。まず北出口《きたでぐち》から、国道《こくどう》へ出《で》てください。

「了解《りょうかい》！」

スマホを手《て》に歩《ある》きだすたかしを、ぼくはあわててよびとめた。

「ちょっと待《ま》ってよ。その人《ひと》の家《いえ》、すごく遠《とお》いかもしれないし……」

するると、まるで口《くち》をはさむように、スマホがしゃべった。

――歩《ある》いて、およそ十分《ぷん》です。

そういわれては、行《い》くほかはない。

ショッピングモールの外《そと》に出《で》ると、またスマホがしゃべった。

――国道《こくどう》を北《きた》へむかい、ふたつ目《め》の信号《しんごう》を右《みぎ》にまがってください。

そのあとも、左《ひだり》にまがれとか、右《みぎ》ななめ方向《ほうこう》へとか、スマホは、どんぴしゃりなタイミングで案内《あんない》をしてくれる。いつのまにか、ぼくたちは、きたこともない場所《ばしょ》へ、足《あし》をふみいれていた。

――しばらく、まっすぐです。

目《め》の前《まえ》に、道《みち》が一本《ぽん》、まっすぐにのびていた。左右《さゆう》には、ひどく古《ふる》そうな木造《もくぞう》の住宅《じゅうたく》がずらりとならんでいる。

その中《なか》を歩《ある》いていくと、また、スマホがしゃべりはじめた。

——それにしても、よくパスワードがわかりましたね。「4219」。みなさん、なかなか見《み》つけられないんですよ。

ぼくたちは、ぎょっと顔《かお》を見《み》あわせた。スマホが道案内《みちあんない》以外《いがい》の言葉《ことば》を話《はな》したこと、それだけじゃない。

「4219」のところ、数字《すうじ》ではなく、「シニイク」といったのだ。

そこで、はじめて、あたりのようすがおかしいことに気《き》づいた。

まわりのどの家《いえ》も、ぴしゃりとまどをしめきっている。

物音《ものおと》もしないし、ネコ一匹《ぴき》とおらない。人《ひと》の気配《けはい》もぜんぜんない。

まるで、死《し》んだようにしずまりかえってる。

とつぜん、ピロンっとスマホがなった。

――つきました。

スマホの声《こえ》とどうじに、がらっと、戸《と》がひらく音《おと》がした。

すぐ右側《みぎがわ》の家《いえ》の玄関《げんかん》がひらいていた。家《いえ》の中《なか》はまっくら。

「ようこそ、死《し》の世界《せかい》へ」

四角《しかく》くきりとられた闇《やみ》のむこうから、がらがら声《ごえ》がした。

「あなたたちのような人間《にんげん》を待《ま》っていたんです。自分《じぶん》から『死《し》に行《い》く』という人《ひと》でないと、わたしも『食《た》べる』わけにいかないので」

「食《た》べるって……。ちょっと待《ま》ってください。あなたはいったい……」

声《こえ》をふりしぼるたかしに、がらがら声《ごえ》は、あざわらうようにこたえた。

「スマホが教《おし》えたはずですが？　ま、表札《ひょうさつ》にも書《か》いてありますが」

反射的《はんしゃてき》に、ぼくの目《め》は、玄関《げんかん》の上《うえ》の、木《き》の表札《ひょうさつ》にむいていた。

『死神《しにがみ》』

バカな……。それじゃあ、あのスマホは、ほんものの死神《しにがみ》の……。

「に、にげろ!」

たかしの声《こえ》に、ぼくは、はっと、われにかえった。

それから、ふたりで、わぁっと大声《おおごえ》をあげながら、走《はし》りだした。

うしろもふりかえらず、ひたすら、走《はし》って、走《はし》って、にげたのだった。

スマホの呪《のろ》い

北村規子《きたむらのりこ》

腹《はら》が立《た》つ！　玲奈《れな》のバカ！　郁美《いくみ》は自分《じぶん》の部屋《へや》に入《はい》ると、らんぼうにドアをしめた。

さっきまで玲奈《れな》といっしょだった。玲奈《れな》とは幼稚園《ようちえん》のときからの仲《なか》よしだ。今日《きょう》の帰《かえ》り道《みち》も玲奈《れな》と今度《こんど》の日曜日《にちようび》に行《い》く遊園地《ゆうえんち》のことをしゃべっていた。おしゃべりにむちゅうになってたせいか、郁美《いくみ》は石《いし》につまずいてころんでしまったのだ。

「エーッ。ウッソ〜。そんなに地面《じめん》に近《ちか》いのに、見《み》えなかったの」

と玲奈《れな》は大声《おおごえ》でさけんだあげく、ゲラゲラ笑《わら》いだした。たしかに中学生《ちゅうがくせい》になって玲奈《れな》の背《せ》はぐんとのび、郁美《いくみ》はひとりとりのこされたような気《き》分《ぶん》をあじわっていたのだ。それにしてもこのいい方《かた》はひどい。前《まえ》を歩《ある》いていた上級生《じょうきゅうせい》たちもふりかえってヒソヒソ笑《わら》っている。

「小《ちい》さいとかうるさい！　もう遊園地《ゆうえんち》行《い》かない！　意地悪《いじわる》！」

笑《わら》いつづける玲奈《れな》をおしのけて、郁美《いくみ》はひとり走《はし》って帰《かえ》ってきたのだ。

部屋《へや》に入《はい》った郁美《いくみ》は、ベッドに横《よこ》たわりスマホで音楽《おんがく》を聞《き》こうとした。だけど、腹《はら》が立《た》って、曲《きょく》に集中《しゅうちゅう》できなかった。

スマホをあれこれいじっているとメモ欄《らん》が出《で》てきた。買《か》ってもらった

ばかりのスマホは、さわるたびにキラキラ新《あたら》しい世界《せかい》を見《み》せてくれる宮殿《きゅうでん》のとびらだ。まず、日付《ひづけ》を入力《にゅうりょく》する。「レナのバカ」と入力《にゅうりょく》する。あとはもういきおいで玲奈《れな》の悪口《わるくち》を書《か》きまくった。バカ。意地悪《いじわる》。無神経《むしんけい》。目立《めだ》ちたがり屋《や》。見《み》えっぱり。

「お前《まえ》なんて永遠《えいえん》に呪《のろ》われてしまえ。呪《のろい》・呪《のろい》・呪《のろい》……」

居間《いま》から、お母《かあ》さんの「夕飯《ゆうはん》ができたよ」という声《こえ》が聞《き》こえた。あわててスマホの画面《がめん》をスライドさせて、郁美《いくみ》は部屋《へや》を出《で》た。

夜《よる》、玲奈《れな》からメールがあった。

「背《せ》のこといってごめんね。気《き》にしてるとは思《おも》わなかった」

「玲奈《れな》は大《おお》きいからわからないんだよ」

「そうかも。ごめんなさい」

「このままのびなかったらって思《おも》うとツライんだよ」

「うん。でも、きっとのびるよ」

「わかんないよ」

「だいじょうぶ！　それから日曜日《にちようび》行《い》けるよね？」

「多分《たぶん》」

「多分《たぶん》じゃない。ぜったい行《い》こうね」

「行《い》く！」

友《とも》だちのひとことでこんなにも気持《きも》ちがかわってしまう。郁美《いくみ》は笑《わら》いたい気分《きぶん》だった。いままでこんなケンカを何回《なんかい》くりかえしたのだろう。今日《きょう》は背《せ》のことをいわれてカッとなりすぎたようだ。

「えっ？」

メールの画面《がめん》がきえてあらわれたのは、さんざん入力《にゅうりょく》した悪口《わるくち》だ。どうにかしてけそうとあれこれいじっていたら、今度《こんど》は待《ま》ち受《う》けになってしまった。電源《でんげん》をきるといったんくらくなるのに、電源《でんげん》をつけると画面《がめん》が悪口《わるくち》の洪水《こうずい》となってゆっくりと姿《すがた》をあらわす。

「うそ！　イヤだ、きえない……」

けしたりつけたり、右《みぎ》にスライドさせたり、下《した》にスライドさせたり、なにをしても悪口《わるくち》があらわれる。

「どうして？　ひと晩《ばん》おけば、なおっているかも……」

それもあまい期待《きたい》だった。朝《あさ》をむかえた画面《がめん》にはバカだの意地悪《いじわる》だの、そして呪《のろい》の文字《もじ》がならんでいた。

日曜日《にちようび》、郁美《いくみ》は玲奈《れな》たち五人《にん》で遊園地《ゆうえんち》に行《い》った。みんなスマホをもっていて、ゲームをはじめたがった。しかし、郁《いく》美《み》は一度《ど》もスマホをとりだせなかった。

（あんなこと書《か》いたのがばれたら……）と考《かんが》えるだけでぞっとする。どんなに操作《そうさ》しても悪口《わるくち》がきえてくれないスマホ。らくになるとびらがぜったいどこかにあるはずなのに。スマホの店《みせ》にもっていってなおしてもらおうか。でも、あんな悪口《わるくち》、しらない人《ひと》にだって見《み》られたくない。いっそこわそうか。でも、お母《かあ》さんにどんなにしかられるだろう。その上《うえ》、もう買《か》ってはもらえない。

スマホにむかってしるした呪《のろ》いは、自分《じぶん》にはねかえってきたということなのだろうか。郁美《いくみ》は頭《あたま》をかかえた。

ウマガドキ学園《がくえん》生徒《せいと》たち VS《バーサス》 サイバー魔人《まじん》1 休《やす》み時間《じかん》

ハサミ……
チョキ
ペラ
あっ
わかった!!
これって
じゃんけんなんだ!!
じゃんけん?
ハサミは「チョキ」
紙《かみ》は「パー」
だから答《こた》えは……
「グー」だ!
こたえ
グー
中止《ちゅうし》
送信《そうしん》
ピロリン♪
第一問《だいもん》
正解《せいかい》!
正解だって
やったー!
つぎの問題《もんだい》は……
第二問《だいもん》
「ドミノアイダ」ってな～んだ?

54ページにつづく

2時《じ》間《かん》目《め》

優秀《ゆうしゅう》なカメラマン

大島清昭《おおしまきよあき》

映画監督《えいがかんとく》の白沢《しらさわ》は、イライラしていた。

スケジュールがおくれている。このままでは、予定《よてい》した期間《きかん》に撮影《さつえい》が終《お》わらない。

それなのに、ヒロイン役《やく》のアイドルがNG《エヌジー》を連発《れんぱつ》する。

「カット！」

忍者《にんじゃ》の衣裳《いしょう》を着《き》たアイドルは、泣《な》きそうな顔《かお》で白沢《しらさわ》を見《み》る。

（泣《な》きたいのはこっちだよ）
白沢《しらさわ》がとっている映画《えいが》は、アイドルや若手《わかて》の俳優《はいゆう》が出演《しゅつえん》する時代劇《じだいげき》だ。その日《ひ》は撮影所《さつえいじょ》の屋《おく》内《ない》セットでの撮影《さつえい》だった。敵《てき》のアジトの荒《あ》れ寺《でら》で、ヒロインがはでなアクションをくりひろげるシーンである。現場《げんば》にはキャストとスタッフあわせて、二十人《にん》近《ちか》くがいた。
「もう一度《いちど》、ちゃんと動《うご》きを確認《かくにん》しろ！」
白沢《しらさわ》がそうどなると、アクション担当《たんとう》の千波《せんば》が、アイドルの指導《しどう》をはじめる。

そのようすをながめながら、白沢《しらさわ》はペットボトルの水《みず》をのむ。

背後《はいご》でスタッフたちの雑談《ざつだん》が聞《き》こえた。

「出《で》るらしいよ、ここ」

「出《で》るって？」

「霊《れい》だよ、霊《れい》。十年《ねん》くらい前《まえ》に、足場《あしば》がたおれる事故《じこ》があって、女優《じょゆう》が死《し》んじゃったんだ。それからいろいろおこるみたいで」

「うそだぁ」

「いや、この前《まえ》も船見《ふなみ》さんが血《ち》まみれの女《おんな》を見《み》たって」

白沢《しらさわ》は、となりにいたカメラマンの村木《むらき》にたずねる。

「村木《むらき》ちゃんさぁ、ここ出《で》るってホント？」

「らしいです。業界《ぎょうかい》ではゆうめいみたいですよ。おれは見《み》たことないですけどね」

村木《むらき》はそういって苦笑《くしょう》した。

そのあと、いちおうリハーサルが成功《せいこう》したので、本番《ほんばん》の撮影《さつえい》となった。

村木《むらき》が、

「まわりました」

といった。カメラの録画《ろくが》ボタンをおしたという合図《あいず》である。

白沢《しらさわ》はモニターをじっと見《み》つめる。このモニターは村木《むらき》のカメラとつながっていて、撮影《さつえい》している映像《えいぞう》がリアルタイムで見《み》られるのだ。

白沢《しらさわ》は、

「本番《ほんばん》！」

と大《おお》きな声《こえ》を出《だ》した。

つづけてスタッフたちが、

「ほんばん〜ん！」

とさけぶ。

「よーい！　スタート！」

白沢《しらさわ》の合図《あいず》で撮影《さつえい》がはじまった。

アイドルの演技《えんぎ》は順調《じゅんちょう》だった。ミスのないアクションで、悪役《あくやく》たちをたおしていく。

しかし、とつぜん、モニターに蛍《ほたる》のような発《はっ》光体《こうたい》が、いくつもいくつもうつりこんだ。

白沢《しらさわ》は舌《した》うちしながらカットをかける。

「村木《むらき》ちゃん。いま、へんな光《ひかり》、うつってたよね」

「ええ」

「もう一回《かいみ》見せてもらえる？」

白沢《しらさわ》の指示《しじ》で、村木《むらき》はモニターにさきほどの映像《えいぞう》をながした。

「これ、心霊映像《しんれいえいぞう》じゃないですか？　この光《ひかり》、オーブってやつですよね？」

スタッフのひとりが、モニターを見《み》てそういった。

（よけいなことをいいやがって）

白沢《しらさわ》の心配《しんぱい》したとおり、キャストとスタッフにざわめきがおこった。

「おはらいしたほうがいいんじゃないっすか？」

悪役《あくやく》の俳優《はいゆう》は、顔《かお》ににあわずビビっている。

「たたりとかだいじょうぶでしょうか？」

心配《しんぱい》そうにたずねるのは、アイドルのマネージャーだ。

おはらいをしている時間《じかん》などない。ただでさえ予定《よてい》がおくれているのだ。これ以上《いじょう》、よけいなことで時間《じかん》をムダにしたくない。

そこで白沢《しらさわ》は、映像《えいぞう》のプロである村木《むらき》に意見《いけん》をもとめた。

「村木《むらき》ちゃんはどう思《おも》う？」

「これは心霊現象《しんれいげんしょう》じゃないですね。ほこりが照明《しょうめい》を反射《はんしゃ》しただけですよ。デジタルだとよくあるんです」

村木《むらき》の言葉《ことば》で全員《ぜんいん》の不安《ふあん》はなくなり、その日《ひ》の撮影《さつえい》は順調《じゅんちょう》に終《お》えることができた。


キャストたちが楽屋《がくや》にもどり、セットには白沢《しらさわ》とあとかたづけをするスタッフたちがのこっていた。

「いやぁ、村木《むらき》ちゃん。さっきは助《たす》かったよ。おかげでよけいなさわぎにならずにすんだ」

「それなんですけどね……」

村木《むらき》はカメラを操作《そうさ》して、さきほどの発光体《はっこうたい》の映像《えいぞう》をモニターにうつした。

「さっきはスケジュールがおくれてたから、空気《くうき》を読《よ》んで否定《ひてい》しましたけど、コレ、本物《ほんもの》の心霊映像《しんれいえいぞう》ですよ」

村木《むらき》はしんけんな顔《かお》でそういった。

リモコンどこ？

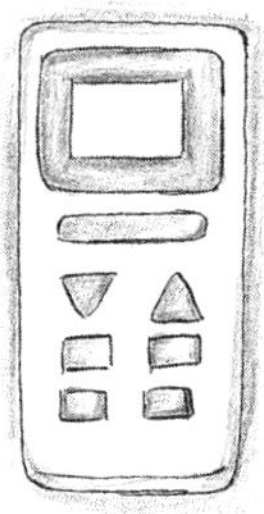

三倉智子《みくらさとこ》

ミキの家《いえ》は診療所《しんりょうじょ》をしている。診療所《しんりょうじょ》のむこうに、いまはお医者《いしゃ》さんをやめたおじいちゃんとおばあちゃんの家《いえ》がある。

ミキは学校《がっこう》から帰《かえ》ると、よくおばあちゃんの家《いえ》に行《い》った。おばあちゃんも本《ほん》が好《す》きだったので情報《じょうほう》をこうかんした。それは楽《たの》しいことなんだけど、ひとつだけこまったことがある。部屋《へや》のあたたかさだ。いや、あつさといってもいいかもしれない。

診療所《しんりょうじょ》は患者《かんじゃ》さんのためにいつでもとてもあたたかい。長年《ながねん》それになれてきたおじいちゃんの家《いえ》もとてもとてもあたたかい。エアコンにオイルヒーターに足《あし》もと専用《せんよう》のヒーター。部屋中《へやじゅう》モワモワしている。ふたりの部屋《へや》には暖房器具《だんぼうきぐ》のリモコンがたくさんならんでいて、

「ミキ、エアコンのリモコンとって」

といわれても、どれがどれだかさっぱりわからなかった。

そんな暖房器具《だんぼうきぐ》がフル稼働《かどう》していた真冬《まふゆ》のある朝《あさ》、おばあちゃんは目《め》ざめることなく天国《てんごく》に旅立《たびだ》った。

四十九日《しじゅうくにち》がすぎ、おばあちゃんの納骨《のうこつ》をすませた。そしてきっかりその一週間後《しゅうかんご》、おじいちゃんは、朝《あさ》、庭《にわ》で亡《な》くなった。手《て》をのばして、ま

るでおばあちゃんの姿《すがた》が見《み》えたかのように。あまりといえばあまりにとつぜんに。

それからひと月《つき》くらいして、お母《かあ》さんが、えっ？ってまどを二度《にど》見《み》した。

「いま、そこをおじいちゃんが……」

「えっ、うそ。ほんとうにおじいちゃん？」

「ん、ランニングに麦《むぎ》わら帽子《ぼうし》で長靴《ながぐつ》だった」

「あ、じゃ、おじいちゃんだ！」

ミキはあわてて庭《にわ》をさがした。けど、いなかった。

おじいちゃんは庭仕事《にわしごと》が大好《だいす》きで、でもへびが大《だい》きらいで、いつも長靴姿《ながぐつすがた》。お医者《いしゃ》さんのときもおなじだった。昼休《ひるやす》みに庭仕事《にわしごと》をしながら顔《かお》なじみの患者《かんじゃ》さんとは花談義《はなだんぎ》をしていた。

ミキはそんなおじいちゃんの声《こえ》を思《おも》いだしていた。

夕飯《ゆうはん》のときお父《とう》さんにいった。

「ねぇ、ねぇ、おじいちゃんがいつものかっこうで庭歩《にわある》いてたんだって。ねっ、お母《かあ》さん」

お父《とう》さんはおどろいて、

「えっ、ホント？　じゃぁ、おやじまだ死《し》んだことに気《き》づいてないのかなぁ」

と首《くび》をかしげた。

――そんなぁ！　死《し》んでも、死《し》んだって思《おも》わなかったらこっちにいられるの？　じゃぁ「あの世《よ》」と「この世《よ》」って自由《じゆう》に行《い》ったりきたりできるの？

ミキはお母《かあ》さんとふたりで顔《かお》を見《み》あわせた。

おじいちゃんちのまどの開《あ》け閉《し》めはお父《とう》さんの仕事《しごと》だった。ある日《ひ》、お父《とう》さんが用事《ようじ》で出《で》かけ、お母《かあ》さんが行《い》くことになった。お母《かあ》さんが「ひとりはちょっとなぁ」といったので、ミキもいっしょに行《い》った。

もう初夏《しょか》だというのに玄関《げんかん》のドアをあけると、なんだかモワンとあたたかい。

――えっ？　このあたたかさって……。

先《さき》におじいちゃんの部屋《へや》に行《い》っていたお母《かあ》さんの大《おお》きな声《こえ》が聞《き》こえた。

「エアコンが、エアコンが！」

たしかに、ついてるはずのないエアコンが作《さ》動《どう》していた。お母《かあ》さんは、

「いつついたの？　リモコンどこ？」

ワタワタしながら部屋中《へやじゅう》さがした。

「ないの？　リモコンないとつくわけないよね」

ミキもあわててさがしはじめた。と、そのとき、すっとエアコンがとまった。そして目《め》の前《まえ》でパタパタパタパタとエアコンの羽根《はね》がしまっていった。お母《かあ》さんは、

「きゃ〜」

とさけんでミキの肩《かた》をつかんだ。

リモコンはほかのものといっしょに机《つくえ》の中《なか》にならべられていた。ぜったいだれもさわってない……。

もしかして、またおじいちゃんがふざけておどろかそうとした？　お父《とう》さんがいったみたいに、まだ死《し》んだことに気《き》づいてない？　「あの世《よ》」と「この世《よ》」のさかいめっていったいどうなっているのだろう。ホ

ントにおじいちゃんは自由《じゆう》に行《い》ったりきたりできるのだろうか。

お母《かあ》さんにつかまれた肩《かた》はあざになった。ミキのそのあざがきえたころ、もうおじいちゃんの気配《けはい》はしなくなった。きっとおじいちゃんは先《さき》に行《い》っていたおばあちゃんと会《あ》えたのだろう。おじいちゃんにとっては、そっちの世界《せかい》が、いまでは「この世《よ》」になっているのかもしれない。

ウマガドキ学園《がくえん》生徒《せいと》たち
VS《バーサス》
サイバー魔人《まじん》②
休《やす》み時間《じかん》
二問目《もんめ》は
「ドミノアイダ」だって
よいしょ♪
第二問《だいもん》
「ドミノアイダ」ってな〜んだ？
シャーッ
タンタン
タンッ
ドミノはとくいよ！
ぬっ
ドミノとドミノのあいだは、
はぁ……
小夜《さよ》ちゃん「ドミノ」じゃなくて……
タラララララララララ…
カタン
あっ
「ドミ」のあいだだよ
わーん！
「ドミ」？
ぼくに聞《き》かれても

おお!!
わかったわっ!!
ピタ…
ド〜ン
これは音階《おんかい》よ!
パカ
ポロン…
ドとミの
あいだってことは……?
ド
ミ
?
答《こた》えは「レ」だ!!
正解《せいかい》よ
こたえ
レ
中止《ちゅうし》
送信《そうしん》
すご〜〜い!
つぎの問題《もんだい》がおくられてきたわ
第《だい》三問《もん》
岩《いわ》のようにかたい数字《すうじ》ってな〜んだ?
78ページにつづく

3時間目《じかんめ》

かきかけのマンガ

時海結以《ときうみゆい》

ユラとアミとわたしは、高校《こうこう》のマンガ研究部《けんきゅうぶ》でしりあい、仲《なか》よくなった。

「秋《あき》の学園祭《がくえんさい》で売《う》るマンガの手作《てづく》り本《ぼん》に、三人《にん》でいっしょにかいた作品《さくひん》をのせようね」

と約束《やくそく》して、六月《がつ》から毎日《まいにち》、放課後《ほうかご》になると教室《きょうしつ》のすみにあつまり、三人《にん》でマンガをかいていた。

「ユラが考《かんが》えたストーリー、すごくおもしろそう。わたしがキャラの絵《え》をかいてもいい？」
「うん、いいよ。アミは背景《はいけい》をかいてね」
ペンで線《せん》がかけたら、原稿《げんこう》を部室《ぶしつ》の、パソコンにスキャンしてとりこむ。キラキラのもようや、グレーの影《かげ》なんかのしあげは、ユラがひきうけた。
「データをうちのパソコンにおくって、夏休《なつやす》みのあいだに、一気《いっき》にしあげるね」

夏休《なつやす》みがはじまって数日後《すうじつご》、アミからメッセージがきた。

『ユラが事故《じこ》にあったって！』

ユラは、天国《てんごく》へ行《い》ってしまった。

部室《ぶしつ》のパソコンに、かきかけのマンガをのこして。


二学期《がっき》がはじまっても、わたしは部室《ぶしつ》に近《ちか》づくことができなかった。

「マンガ、完成《かんせい》させようよ。やりかけでほうっておくの、きっとユラはいやがるよ」

アミがそういってくれるけれど、わたしは悲《かな》しくて悲《かな》しくて、部室《ぶしつ》のドアに手《て》をかけると、胸《むね》がくるしくなり、なみだが出《で》てくる。

「いやかどうかなんて、ユラに聞《き》いてみなきゃわかんないよ！　三人《にん》でかかなきゃ、意味《いみ》ないいんだよ！」

わたしはアミの手《て》をふりはらって、にげた。


何日《なんにち》かして、ろうかでマンガ研究部《けんきゅうぶ》の部長《ぶちょう》さんに会《あ》った。

「部室《ぶしつ》のパソコンに、学園祭《がくえんさい》で売《う》るマンガ本《ぼん》の表紙《ひょうし》の、デザインのデータが入《はい》ってるの。わたし、パソコンがホントに苦手《にがて》で、どうしたらそのデータをとりだして印刷屋《いんさつや》さんにわたせるか、わかんないのよ」

「わたしも……ちょっと……」

「アミちゃんが、あなたならわかるはずだって。おねがい、データを印《いん》

刷屋《さつや》さんへ転送《てんそう》してくれる？」

部長《ぶちょう》さんがひっぱってゆくので、わたしはふるえながら、部室《ぶしつ》に入《はい》った。

机《つくえ》の上《うえ》に、そのまま、パソコンがあった。

「おねがい、ねえ」

部長《ぶちょう》さんにせまられ、わたしは歯《は》を食《く》いしばって、パソコンを立《た》ちあげてデザインのデータをさがし、転送《てんそう》した。

いそいでパソコンをとじようとしたら、いきなり、あのかきかけのマンガが画面《がめん》にあらわれた。

「きゃあああっ」

わたしがおぼえているよりも、マンガは完成《かんせい》に近《ちか》づいていた。線《せん》をかいただけで白《しろ》かった主人公《しゅじんこう》の髪《かみ》が、グレーに色《いろ》づいていた。

わたしはその場《ば》をにげだした。

でも……そのあと、わたしが授業《じゅぎょう》で、学校《がっこう》の情報室《じょうほうしつ》のパソコンをひらいたら、ちがうパソコンなのに、またマンガの画面《がめん》があらわれた。線《せん》だけだった主人公《しゅじんこう》の制服《せいふく》が、うすいグレーにぬられている。影《かげ》もついている。

わたしは気分《きぶん》が悪《わる》くなり、保健室《ほけんしつ》へ行《い》った。

放課後《ほうかご》、なにげなくスマホをひらいたら、いきなりまたマンガの画面《がめん》が！

主人公《しゅじんこう》の制服《せいふく》のスカートに、チェックのもようが入《はい》った。背景《はいけい》もキラキラの光《ひかり》があふれた。

わたしは悲鳴《ひめい》をあげた。

「しっかりして、どうしたの？」

いっしょにいたアミが、わたしをささえる。

「や、やだ……こわい……マンガが……ユラがかいてる……」

わたしのスマホを見《み》て、アミはいった。

「あなたがやらないから、わたしひとりで、お姉《ねえ》ちゃんにやりかたを教《おし》えてもらって、しあげてたの。このままじゃユラに悪《わる》いから。あなたが悲《かな》しんで立《た》ちつくすのとおなじくらい、わたしは、悪《わる》いと思《おも》ってるの！」

え……？

「じゃあ、ユラの幽霊《ゆうれい》じゃなくて、アミがかいてただけ？」

アミはうなずいた。わたしはほっとした。

「ほら、キラキラも、影《かげ》のグレーも、かきこむと、あなたの絵《え》がずっとすてきになる」

「うん……そうだね」

キラキラになった主人公《しゅじんこう》や彼氏《かれし》のキャラ。すてきに見《み》えて、なんだか、心《こころ》がかるくなった。

「ねえ、アミ。やっぱり完成《かんせい》させよう。本《ほん》にのせて、ユラに見《み》てもらおうよ」

学園祭《がくえんさい》の数日前《すうじつまえ》、マンガの手作《てづく》り本《ぼん》ができあがった。

ユラの家《いえ》をたずねて、完成《かんせい》した本《ほん》を遺影《いえい》にそなえながら、ふと、わたしはアミにたずねた。

「わたしがひらく画面《がめん》にいちいちマンガのデータをおくってくるなんて、アミも強引《ごういん》だったね」

「え？　そんなことしてないよ。部室《ぶしつ》のパソコンに転送《てんそう》しただけ。あなたが自分《じぶん》で、パソコンからスマホへ、データをコピーしたのかと思《おも》ってた」

「……え……？」

写真《しゃしん》の中《なか》のユラが、笑《わら》った気《き》がした。

レンタルのパソコン

かとうくみこ

「春休《はるやす》みのあいだ、こちらの会社《かいしゃ》でアルバイトすることになった鈴木優《すずきゆう》太《た》です。もうすぐ大学《だいがく》二年《ねん》です。よ、よろしくおねがいします」
月曜《げつよう》の朝《あさ》、優太《ゆうた》はしらない大人《おとな》たちの前《まえ》で、きんちょうしておじぎをした。
「鈴木《すずき》くん、こっちにきて」
課長《かちょう》にオフィスのすみにある、ぽつんとはなれた席《せき》に案内《あんない》された。そ

こには、ノートパソコンと、ハガキでいっぱいの箱《はこ》があった。
作業手順書《さぎょうてじゅんしょ》と書《か》かれたファイルを優太《ゆうた》にわたしながら、課長《かちょう》はいった。
「このパソコンは、アンケートハガキのデータ入力用《にゅうりょくよう》に、レンタル会社《がいしゃ》からかりたんです。作業《さぎょう》はかんたんで、これを読《よ》めばわかるから。金曜《きんよう》までにたのみます」
ひとりのこされた優太《ゆうた》は、手順書《てじゅんしょ》を見《み》ながらパソコンの電源《でんげん》を入《い》れた。

真《ま》っ黒《くろ》い画面《がめん》があらわれ、白《しろ》い文字《もじ》がボワァーとうかびあがった。
《あと4日《よっか》》
手順書《てじゅんしょ》を見《み》ると、文字《もじ》についての説明《せつめい》はなかった。
ふたたびパソコンを見《み》ると、画面《がめん》はブルーで文字《もじ》はどこにもない。
（気《き》のせい？　とにかく入力《にゅうりょく》をしないと。いっぱいあるなあ）
ため息《いき》をつきながら、アンケートハガキを箱《はこ》から出《だ》した。
つぎの日《ひ》の朝《あさ》、パソコンの電源《でんげん》を入《い》れると……、
《あと3日《みっか》　フフフ……》
真《ま》っ黒《くろ》い画面《がめん》に白《しろ》い文字《もじ》がうかんで……きえた。そして画面《がめん》はゆっくりとブルーにかわった。

優太《ゆうた》はギョッとした。まわりにはだれもいない。遠《とお》くの席《せき》の人《ひと》たちはみないそがしそうだ。なにか手《て》がかりがないかとパソコンの中《なか》をさがすと、《謎《なぞ》の文字《もじ》》というファイルを見《み》つけた。ひらいてみると、書類《しょるい》がふたつ入《はい》っていた。

時期《じき》はすこしちがうけど、ふたりとも「0日《ゼロにち》」の文字《もじ》を見《み》た日《ひ》に記録《きろく》が終《お》わっている。

課長《かちょう》が近《ちか》くをとおったので、優太《ゆうた》はおそるおそる聞《き》いてみた。

「す、すみません、林《はやし》さんと山田《やまだ》さんはいまどこにいるんですか？」

「えっ……。ふたりともうちの課《か》だけど、仕事帰《しごとがえ》りに車《くるま》にはねられて入院中《にゅういんちゅう》です。山田《やまだ》は先週《せんしゅう》、林《はやし》さんはそのすこし前《まえ》。どちらも重体《じゅうたい》で、事故《じこ》

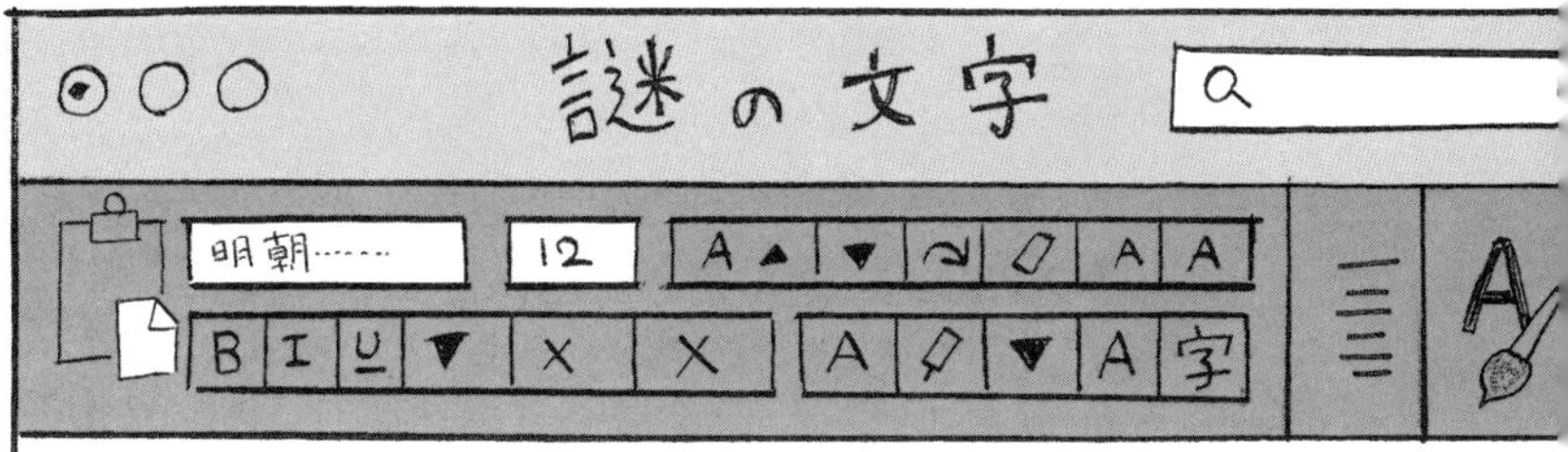

記《き》録《ろく》（林《はやし》菜《な》穂《ほ》子《こ》）

このパソコンをつかいはじめた日《ひ》、電源《でんげん》を入《い》れると、《あと4日《よっか》》という文字《もじ》がモニターにいっしゅん見《み》えました。しらべてみましたが、どこもこわれていません。気《き》のせいかと思《おも》いましたが、つぎの日《ひ》には《あと3日《みっか》》の文字《もじ》。そしてほかの人《ひと》にはその文字《もじ》が見《み》えないようです。そこで《謎《なぞ》の文字《もじ》》というファイルを作《つく》り、記録《きろく》をのこすことにしました。四日目《よっかめ》には《あと1日《いちにち》ダネ》と文字《もじ》が話《はな》しかけてきました。五《いつ》日目《かめ》は《0日《ゼロにち》。43210ドーン》。とてもこわいです。

記《き》録《ろく》（山《やま》田《だ》鉄《てっ》平《ぺい》）

このパソコンの中《なか》に《謎《なぞ》の文字《もじ》》のファイルがあるのを見《み》つけた。林《はやし》さんにも、文字《もじ》が見《み》えていたのだ。課長《かちょう》に「パソコンをかえてください」とたのんだが、「データ入力《にゅうりょく》が終《お》わったら、レンタル会社《がいしゃ》にかえすから」と、ふしぎそうな顔《かお》をされた。文字《もじ》が見《み》えないので、わからないのだ。つかいはじめて五日目《いつかめ》の今日《きょう》《0日《ゼロにち》ダネ。43210ドーン》。どうすればいいのだ！

にあう前数日間《まえすうじつかん》の記憶《きおく》がないらしい。おどろいたし、きのどくでたまらないよ。それにふたりがしていたいろんな仕事《しごと》を、きみもいっしょに、課《か》のみんなで手《て》わけしてやっているので、いま、たいへんです。その上《うえ》『呪《のろ》われた課《か》』とか、うわさになってしまって」

「ええええっ!!!」

優太《ゆうた》は思《おも》わず大声《おおごえ》をあげた。課長《かちょう》はおどろいてあとずさりし、遠《とお》くの席《せき》の人《ひと》たちがふりかえった。

(ふたりは、あの「0日《ゼロにち》」の日《ひ》に、車《くるま》にはねられたんだ。つまりこのパソコンをつかって五日目《いつかめ》に！　ゲッ、もう二日目《ふつかめ》だよ)
一日中《いちにちじゅう》考《かんが》えて、夕方《ゆうがた》課長《かちょう》にたのんだ。
「すみません。急《きゅう》、急用《きゅうよう》で、金曜《きんよう》に休《やす》ませてください。木曜《もくよう》までに終《お》わらせますからっ！」
つぎの日《ひ》の朝《あさ》、電源《でんげん》を入《い》れると……、
《あと2日《ふつか》ククク……》
この日《ひ》、会社《かいしゃ》で優太《ゆうた》のことがうわさになっていた。
「バイトの大学生《だいがくせい》、朝《あさ》はやくから夜おそくまで、昼休《ひるやす》みも休《やす》まず、作業《さぎょう》している」

「顔色《かおいろ》もドンドン悪《わる》くなって」
「あの呪《のろ》われた課《か》にいるからだよ」
つぎの日《ひ》は作業《さぎょう》をはじめて四日目《よっかめ》、課長《かちょう》に約束《やくそく》した木曜日《もくようび》だった。朝《あさ》、電源《でんげん》を入《い》れると、
《あと1日《いちにち》ダネ……》
優太《ゆうた》は一日中《いちにちじゅう》、パソコンのキーをたたきつづけた。そして夜《よる》おそく、ヘトヘトになりながら最後《さいご》の一枚《まい》のハガキのデータ入力《にゅうりょく》を終《お》え、ほっとしながら課長《かちょう》にメールした。
「作業《さぎょう》が終《お》わりました。あしたは休《やす》ませていただきます」
そのとたん、画面《がめん》が真《ま》っ黒《くろ》になり、白《しろ》い文字《もじ》がダダダダとあらわれた。

《キキキキ、クヤシイクヤシイ！
あしたは０日《ゼロにち》ダッタノニ……》
あわてて電源《でんげん》をきって、ふるえる手《て》でノートパソコンをとじた。

あれから一週間《しゅうかん》がたった。優太《ゆうた》は、いまもおなじバイト先《さき》にかよっている。

（あのパソコンは、レンタル会社《がいしゃ》にかえされた。入院中《にゅういんちゅう》のふたりは、だいぶよくなってきたらしい。でも、数日間《すうじつかん》の記憶《きおく》はないままという。もしぼくが、あと一日長《にちなが》くつかっていたら……）

そんなことを考《かんが》えながら、家《いえ》に帰《かえ》ると、弟《おとうと》の優二《ゆうじ》がうれしそうにかけよってきた。

「兄貴《あにき》見《み》て！　こづかいためて、中古《ちゅうこ》のノートパソコンを買《か》ったんだ」

あのパソコンとおなじ機種《きしゅ》だ。冷《ひ》や汗《あせ》が出《で》た。

オウマガドキ学園《がくえん》生徒《せいと》たち VS《バーサス》 サイバー魔人《まじん》③

休《やす》み時間《じかん》

1、2、3、4、5……
あ……
わかった!!
だから答《こた》えは「6（ろく）」よ！
お〜〜〜！
岩《いわ》は英語《えいご》でロック
？
？
英語をしってるなんて！
ついていけてない
まじょ子《こ》すごい！
送信《そうしん》っと！
これでも西洋《せいよう》の妖怪《ようかい》ですから！
ピロリーン♪
やった！
正解《せいかい》！
まあ……終《お》わりよければすべてよし！
さてつぎは……
第四問《だいよんもん》
林《はやし》の音《おと》ってどんな音《おと》？
林《はやし》の音《おと》？
106にページつづく

4時《じ》間《かん》目《め》

ネットでの出《て》会《あ》いには
ご注《ちゅう》意《い》を！
ダメ!!
ゆうかいしてやる〜
はじめまして！いっしょに遊園地《ゆうえんち》に行《い》きましょう！
えー!! 遊園地《ゆうえんち》？
行きた〜い!!

海《うみ》で会《あ》いましょう

紺野愛子《こんのあいこ》

スペイン南部《なんぶ》のマラガは、海《うみ》の美《うつく》しいリゾート地《ち》だ。マヌエルは夏休《なつやす》みにマラガのおばあちゃんの家《いえ》にきているが、まだ一度《ど》も海《うみ》に行《い》かないで部屋《へや》にこもっている。おばあちゃんはちょっと心配《しんぱい》だ。

「マヌエルは部屋《へや》にこもって勉強《べんきょう》ばかり。わかい子《こ》らしく、海《うみ》で遊《あそ》べばいいのに」

じつはマヌエルは勉強《べんきょう》なんかしないで、スマホで動画《どうが》を見《み》たり、ゲー

ムをしたり、メッセージのやりとりをしているのだ。うちだとママがうるさいけど、ここなら一日中《いちにちじゅう》スマホをいじっていられる。

「あれ、なんだこれ？」

ある日《ひ》、見《み》しらぬアドレスのメッセージがきていた。ボニータ・リタ、「かわいいリタ」というアドレスをマヌエルはクリックした。

『こんにちは、わたしリタ、十三歳《さい》。家族《かぞく》でマラガにきているんだけど、たいくつで死《し》んじゃいそう！　ちょっと相手《あいて》してくれる？』

（へえ、近《ちか》くにいるんだ。しかも年《とし》もおなじだ）

『オラ！　ぼくマヌエル。きみとおなじ年《とし》で、なんとぼくもマラガにいるんだよ！』

『ワオ！　すっごいぐうぜん！』

それからふたりは何度《なんど》もメッセージをやりとりした。リタのアニメやゲームの好《この》みはマヌエルとどんぴしゃりで、ふたりの話《はなし》ははずんだ。

『ねえ、マヌエル、あなたに会《あ》いたくなっちゃった。今日予定《きょうよてい》ある？　これから海岸《かいがん》で会《あ》わない？』

（え？）

マヌエルはちょっとためらった。およげないマヌエルは海《うみ》が苦手《にがて》だ。

（どうしようかなあ……）
『わたしならすぐわかるわよ。わたしザラにそっくりなの』
（ザラにそっくりだって！）
ザラはマヌエルが大好《だいす》きなゲームのキャラだ。そのザラにそっくりなんて！
『行《い》く！　行《い》く！　ぜったい行《い》く！』
『ウフッ♥　じゃあ、ボートハウスの前《まえ》で待《ま》ってるね』
マヌエルは水着《みずぎ》に着《き》がえると、部屋《へや》からとびだした。
「おばあちゃん、海《うみ》に行《い》ってくるよ！」
走《はし》ってとびだしたマヌエルを、おばあちゃんは目《め》を丸《まる》くして見《み》ていた。

マヌエルはボートハウスについたが、まだリタはきていないようだ。

すると海《うみ》から声《こえ》が聞《き》こえた。

「マヌエール！」

見《み》ると、少女《しょうじょ》が手《て》をふっている。長《なが》い金髪《きんぱつ》、小麦色《こむぎいろ》にやけた肌《はだ》、真《ま》っ白《しろ》い歯《は》の美《うつく》しい少女《しょうじょ》だ。

（わあ、めちゃかわいい！　ほんとうにザラにそっくりだ）

マヌエルはむちゅうで手《て》をふった。

リタが海《うみ》からあがってきた。ストライプのビ

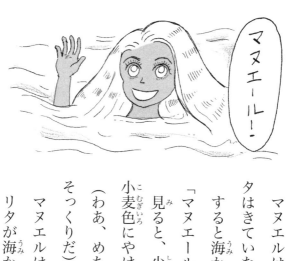

キニを着《き》て、スラリとした長《なが》い手足《てあし》。これまで見《み》たことのない美少女《びしょうじょ》だ。

「マヌエル、きてくれてうれしい！　いっしょにおよぎましょう！」

リタはマヌエルの手《て》をとって、海《うみ》を指《ゆび》さした。

「ぼく、およぎはちょっと……」

と、もごもごいっていたら、遠《とお》くから男《おとこ》の声《こえ》がした。

「ダメだ、お前《まえ》、行《い》くんじゃない！」

「その女《おんな》からはなれるんだ〜」

声《こえ》のする方《ほう》を見《み》たら、わかものが何人《なんにん》か必死《ひっし》でかけてきている。

「あの人《ひと》たち、だれ？」

リタはにっこり笑《わら》った。

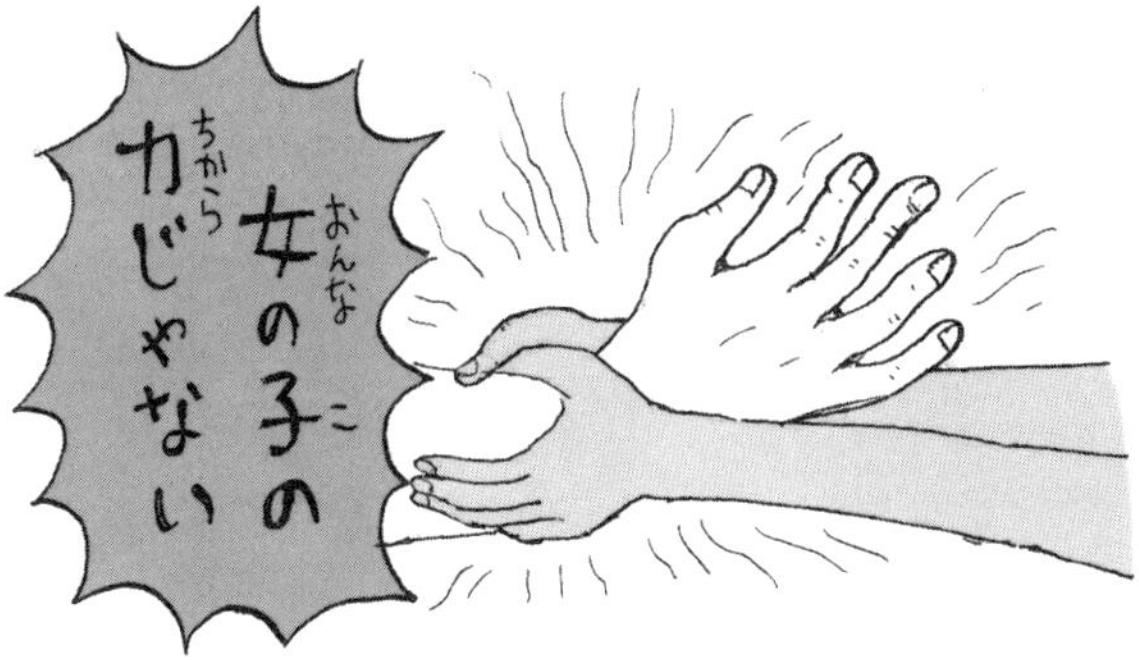

「さあ、しらないわ。人《ひと》ちがいじゃない？
それよりおよぎましょう」
リタはマヌエルの手《て》をひっぱった。そのとき、マヌエルはゾッとした。
（すごい力《ちから》だ！　女《おん》の子《こ》の力《ちから》じゃない！）
マヌエルはにげようとしたが、リタはすごい力《ちから》でひきとめた。
おだやかだった海《うみ》はいつのまにかあれはじめ、大《おお》きな波《なみ》が立《た》っている。マヌエルがリタにむりやりひっぱられ海《うみ》に入《はい》ると、大《おお》きな波《なみ》がふたりにおそいかかった。

そして、波《なみ》がひいたとき、ふたりの姿《すがた》はなかった。

「ああ、今年《ことし》も犠牲者《ぎせいしゃ》が出《で》ちまった！」

五年前《ねんまえ》、この海岸《かいがん》でひとりの少女《しょうじょ》がおぼれて死《し》んだ。それから毎年《まいとし》、その少女《しょうじょ》の命日《めいにち》になると、男《おとこ》の子《こ》がひとりゆうわくされて波《なみ》にのまれるのだった。

わかものたちは犠牲者《ぎせいしゃ》が出《で》ないようにパトロールをしていたのだ。

そのとき、海《うみ》から少女《しょうじょ》の笑《わら》い声《ごえ》が聞《き》こえた。

「うふふ、来年《らいねん》はだれにしようかしら？」

あらわれなかった男《おとこ》

根岸英之《ねぎしひでゆき》

インターネットで、おなじような趣味《しゅみ》や関心《かんしん》をもった人同士《ひとどうし》がしりあって、れんらくをとりあうサイトがある。

ユウトは、あるミュージシャンが好《す》きで、サイトをけんさくしていたら、そのミュージシャンの好《す》きな人《ひと》があつまるコミュニティにたどりついた。

《はじめまして。おれ、ユウトっていいます。最近《さいきん》、曲《きょく》を聞《き》いて好《す》きに

なりました。ファン歴《れき》、あさいですけど、どうぞよろしく》

そしたら、さっそく、何人《なんにん》かが返信《へんしん》の書《か》きこみをしてくれた。

《ユウトさん、参加《さんか》ありがとう。ぼくはヒロキ。デビュー当時《とうじ》からのファンです》

《はじめまして。トモリンです。わたしも、まだそんなにくわしくないけど、デビュー曲《きょく》がすんごい好《す》き。来月《らいげつ》の大阪《おおさか》のライブに行《い》きます》

まったく会《あ》ったことのないネットだけのつながりだけど、おなじミュージシャンの話題《わだい》で、曲《きょく》のいいところやライブの感想《かんそう》などを話《はな》せるので、ユウトは一気《いっき》に楽《たの》しくなってきた。

しばらくすると、こんな書《か》きこみがとびこんできた。

《自分《じぶん》はキヨシといいます。だいぶ前《まえ》から参加《さんか》してましたが、最近《さいきん》、事情《じじょう》があって、もうライブに行《い》ったりすることができなくなりました。みんなの書《か》きこみ読《よ》んで、うらやましくてなりません》

するとヒロキの返信《へんしん》があった。

《ヒロキです。キヨシさん、元気《げんき》でしたか？ぼく、だいぶ以前《いぜん》に一度《ど》、ライブのチケットをゆずってもらったものです。もし会《あ》えるようなら、来月《らいげつ》の日曜日《にちようび》、オフ会《かい》しませんか？》

オフ会《かい》とは、実際《じっさい》に会《あ》っておしゃべりするあつまりのことだ。
ユウトは、ネットだけでつながっている人《ひと》たちが、どんな人《ひと》なのか興《きょう》味《み》が出《で》て、
《おれ、参加《さんか》します》
と書《か》きこんだ。すると、
《トモリンも参加《さんか》しま〜す》
《キヨシです。自分《じぶん》も行《い》きたい気持《きも》ちはあるけれど——》
と返信《へんしん》がきた。
そこで、ヒロキが場所《ばしょ》と時間《じかん》をきめてくれて、あつまることになった。
ユウトは大学生《だいがくせい》。やってきたヒロキは二十代《だい》の会社員《かいしゃいん》、トモリンはバ

イトの女《おんな》の子《こ》だった。けれども、キヨシだけは、あらわれなかった。その日《ひ》は、わいわいおそくまでもりあがってわかれた。

すると、数日《すうじつ》してキヨシから書《か》きこみがあった。

《キヨシです。この前《まえ》は、行《い》けなくてざんねんでした。今度《こんど》は、来月《らいげつ》の十三日《にち》にやってくれればうれしいです》

ヒロキがまた集合場所《しゅうごうばしょ》をきめてくれ、あつまることになった。

けれども、その日《ひ》もキヨシはあらわれなかった。

「二回《かい》もこないなんてへんだね」

トモリンがいった。すると、ヒロキがこたえた。

「まえ、キヨシさんにチケットをゆずってもらったって話《はな》したじゃん。

そのときの手紙《てがみ》の住所《じゅうしょ》、このファミレスの近《ちか》くなんだ。家《いえ》に近《ちか》かったら、キヨシさんも、きやすいかなと思《おも》って」

ユウトは、

「へえ、気《き》がきくねえ」

と、トモリンと目《め》をあわせた。

「ねえ、じゃあさ、キヨシさんの家《いえ》に行《い》ってみちゃう？」

トモリンが、身《み》をのりだしていった。

「そうだね。いるかどうかわからないけど、だめもとで行《い》ってみようか」

ヒロキも賛成《さんせい》した。

こうして、手紙《てがみ》の住所《じゅうしょ》をたよりに、住《す》んでいるところをたずねてみた。

玄関《げんかん》のブザーをならすと、女《おんな》の人《ひと》が出《で》てきた。

「ぼくたち、キヨシさんとネットでしりあったメンバーなんですけど、キヨシさんがどうしているかと思《おも》って、たずねにきました」

ヒロキの言葉《ことば》に、お母《かあ》さんらしい人《ひと》は、顔《かお》をくもらせてつぶやいた。

「わざわざありがとう。ヒロキは、じつは二か月前《げつまえ》に、病気《びょうき》で亡《な》くなったんです」

ユウトたちは、びっくりして顔《かお》を見《み》あわせた。

(えっ、それじゃあ、あの書《か》きこみをしたのはだれだ?)

トモリンが、とまどいを打《う》ちけすように、

「お線香《せんこう》だけでも、あげさせてもらえますか?」

とおねがいした。

三人《にん》は仏《ぶつ》だんの前《まえ》で、手《て》をあわせた。位牌《いはい》にきざまれた命日《めいにち》は、二か月前《げつまえ》の十三日《にち》の日付《ひづけ》だった。

そのばん、ユウトは、家《いえ》に帰《かえ》ってから、最初《さいしょ》にキヨシの書《か》きこみを見《み》た日付《ひづけ》を確認《かくにん》した。すると、それは、位牌《いはい》にきざまれた命日《めいにち》とおなじ日《ひ》付《づけ》だった——。

妖怪《ようかい》博士《はかせ》 うしみつトオル博士《はかせ》の妖怪学講《ようかいがくこう》

第《だい》2回《かい》「妖怪《ようかい》と幽霊《ゆうれい》のちがいって?」

フォッフォッフォッ……。

研究者《けんきゅうしゃ》は妖怪《ようかい》たちをいくつかのきじゅんで分類《ぶんるい》しておる。

一 都道府県《とどうふけん》による分類《ぶんるい》

二 山《やま》、道《みち》、家《いえ》、海《うみ》など、出現場所《しゅつげんばしょ》のちがいによる分類《ぶんるい》

三 動物《どうぶつ》、植物《しょくぶつ》、道具《どうぐ》、鉱物《こうぶつ》など、正体《しょうたい》による分類《ぶんるい》

四 文章《ぶんしょう》、絵《え》、ハナシなど、どんな資料《しりょう》でつたわったのかによる分類《ぶんるい》

さらに、幽霊《ゆうれい》を妖怪《ようかい》にふくめるかどうかという問題《もんだい》もある。

そもそも幽霊《ゆうれい》とはなんだろう? 幽霊《ゆうれい》は、死《し》んだ人間《にんげん》の霊魂《れいこん》が生《い》きていたときの姿《すがた》であらわれるものだ。「妖怪《ようかい》」という言葉《ことば》をふしぎなモノゴトぜ〜んぶという意味《いみ》でつかうなら幽霊《ゆうれい》は妖怪《ようかい》にふくまれる。

しかし、研究者《けんきゅうしゃ》にはもっとせまい意味《いみ》で「妖怪《ようかい》」という言葉《ことば》をつかう人《ひと》もいて、妖怪《ようかい》と幽霊《ゆうれい》はべつなものとしてあつかわれることもある。

いまでも議論《ぎろん》がつづいている問題《もんだい》なんじゃ。

給食《きゅうしょく》

三人《にん》でとった写真《しゃしん》

常光《つねみつ》　徹《とおる》

「春休《はるやす》みが終《お》わったら、美咲《みさき》ともわかれわかれね」

遥《はるか》が、ちょっとさみしそうにいった。

「高校《こうこう》はちがっても、れんらくちょうだい」

「もちろんよ」

駅前《えきまえ》のファミレスでランチを食《た》べながら、ふたりは四月《がつ》からの高校生《こうこうせい》活《かつ》に胸《むね》をはずませた。

「あれ、もうこんな時間《じかん》なの」

「ほんとだ。ランチだけのはずが三時間《じかん》もしゃべっちゃった。出《で》ようか」

お店《みせ》を出《で》て、歩《ある》いていると、

「よう、元気《げんき》かい」

うしろから声《こえ》をかけられた。ふりかえると、中学校《ちゅうがっこう》の校長先生《こうちょうせんせい》だった。

「あっ、校長先生《こうちょうせんせい》。いまお帰《かえ》りですか」

ふたりはぺこりと頭《あたま》をさげた。

遥《はるか》と美咲《みさき》は、テニス部《ぶ》でペアをくんでいた。

県《けん》の大会《たいかい》でかつやくして、朝礼《ちょうれい》で校長先生《こうちょうせんせい》から表《ひょう》しょうされたこともある。それに、ふたりとも生徒会《せいとかい》の役員《やくいん》だったので、大《おお》きな行事《ぎょうじ》の前《まえ》には、よく校長室《こうちょうしつ》でうちあわせをした。やさしくて、きさくな校長先生《こうちょうせんせい》が好《す》きだ。立《た》ち話《ばなし》をしているうちに、

「ここで会《あ》ったのもなにかの縁《えん》だな、記念《きねん》に写真《しゃしん》でもとるか。近《ちか》くに写《しゃ》真館《しんかん》があるけど、どうだい」

「校長先生《こうちょうせんせい》とですか！」

ふたりは、校長先生《こうちょうせんせい》のあとについていった。写真館《しゃしんかん》の二階《かい》にあがると、小《ちい》さなスタジオがあった。先生《せんせい》と主人《しゅじん》はしりあいらしい。すぐに撮影《さつえい》の準備《じゅんび》がはじまった。

校長先生《こうちょうせんせい》を真《ま》ん中《なか》にして、となりに遥《はるか》と美咲《みさき》がならぶ。

「いいですか。いち、にい、さん、ハイ」

声《こえ》にあわせて、シャッター音《おん》がひびいた。

校長先生《こうちょうせんせい》の自宅《じたく》はとなり町《まち》なので、できあがった写真《しゃしん》は、ふたりがとどける約束《やくそく》をしてわかれた。

一週間後《しゅうかんご》、ふたりは写真館《しゃしんかん》をたずねた。

「写真《しゃしん》、できてますか」

おくから主人《しゅじん》が出《で》てきたが、なぜかくらい顔《かお》で、

「それが……」

といったまま、だまってしまった。

「それがって、どうかしたのですか？」

「とても、こまったことになりまして」

「なにかあったのですか」

不安《ふあん》そうなふたりにむかって、主人《しゅじん》はファイルから一枚《まい》の写真《しゃしん》をぬきとると、

「これを、見《み》てもらえますか」

といってわたした。写真《しゃしん》を手《て》にしたとたん、

「えっ、これは！」

大《おお》きな声《こえ》をあげて、目《め》をつりあげた。

校長先生《こうちょうせんせい》の腰《こし》から下《した》がうつっていない。いや、正確《せいかく》にいうと下半身《かはんしん》が半透明《はんとうめい》だ。うしろのかべの絵《え》が足《あし》のむこうにすけて見《み》える。

「なんですか、これは」

「わかりません。カメラの故障《こしょう》でもないし。でも、すべてこうなんです」

主人《しゅじん》は、泣《な》きそうな声《こえ》で頭《あたま》をさげた。

こわごわ写真《しゃしん》を見《み》ていた美咲《みさき》が、ぼそりとつぶやいた。

「まるで、幽霊《ゆうれい》みたい」

「へんなこといわないで」

遥《はるか》が横目《よこめ》で美咲《みさき》をにらんだ。

とても、この写真《しゃしん》をとどけるわけにはいかない。写真館《しゃしんかん》の主人《しゅじん》は、もう一度《ど》とらせてもらえないかといった。費用《ひよう》はいらないという。

どうしたものか。まよったあげく、校長先生《こうちょうせんせい》には、とりなおしのおねがいをすることにした。なんとかいいわけを考《かんが》えて、今回《こんかい》の写真《しゃしん》についてはふれないようにしたい。

つぎの日《ひ》、校長先生《こうちょうせんせい》の自宅《じたく》に電話《でんわ》をした遥《はるか》は、奥《おく》さんの話《はなし》にケータイをもつ手《て》がふるえた。先生《せんせい》はとつぜんたおれて入院中《にゅういんちゅう》だという。

数日後《すうじつご》、校長先生《こうちょうせんせい》が亡《な》くなったというしらせがとどいた。

オウマガドキ学園《がくえん》生徒《せいと》たち VS《バーサス》 サイバー魔人《まじん》④
昼休《ひるやす》み
まあ とりあえず……
第四問《だいよんもん》 林《はやし》の音《おと》って どんな音《おと》？
林《はやし》に きてみたけれども
かんたん かんたん！
ザワ ザワ…
ざわざわだよ ほら！
うーーん
それは風《かぜ》にゆれる音《おと》だから、「林《はやし》の音《おと》」とはいわないんじゃないかな
そうだよ！
ボコ……
そっか〜
わかった〜
ボク

ドロォ…
答《こた》えは「リン」だよォ～～
リン？
「林《はやし》」はそんな音《おと》出《だ》さないぜ！
びっくりさせやがって！
音《おと》じゃなくて「音読《おんよ》み」だよォ～
なるほど「林《はやし》」は音読《おんよ》みで
林《りん》（リン）だね！
まあまあ
くやし～～!!
あたたた
ピッ
さいごの問題《もんだい》は……？
正解《せいかい》だ！ゾンビくんすごいよ！
ピロロ
えへへ
最終問題《さいしゅうもんだい》
わたしは
だ～れ？

129にページつづく

5時間目《じかんめ》

電話《でんわ》から
聞《き》こえるナゾの声《こえ》
もしもーし!
キーキー
パオーン
メェ〜
ガルル…
ニャ〜
え……どこ?
動物園《どうぶつえん》?

つかえないはずの電話《でんわ》

高津美保子《たかつみほこ》

夏休《なつやす》み、みどりたち怪談好《かいだんず》きの仲《なか》よし四人組女子高生《にんぐみじょしこうせい》は、香織《かおり》の祖父《そ》母《ふぼ》の別荘《べっそう》に泊《と》まりがけで行《い》くことになった。

そこは湘南《しょうなん》のちょっと高台《たかだい》にある八十年以上《ねんいじょう》もたつ古《ふる》い洋館《ようかん》で、香織《かおり》のおばあちゃんがお嫁《よめ》にきたころは眼前《がんぜん》には家《いえ》もなくて、二階《かい》から海《うみ》がよく見《み》えたそうだ。

その洋館《ようかん》が来年《らいねん》にはとりこわしになるというので、怪談《かいだん》をするのにピッタリと、ここで合宿《がっしゅく》することになった。
別荘《べっそう》につくと、まずみんなでもちよった食《た》べものを確認《かくにん》して冷蔵庫《れいぞうこ》にしまった。
そのあと四人《にん》は家中《いえじゅう》を見《み》てまわって、居間《いま》や寝室《しんしつ》などつかう部屋《へや》のそうじをした。
そして、ひと休《やす》みしてから海岸《かいがん》まで散歩《さんぽ》にいった。
「あとで予定表《よていひょう》を作《つく》ろう」
などと話《はな》しながら夕食《ゆうしょく》にたりない材料《ざいりょう》を買《か》ってきて、みんなで料理《りょうり》をして食《た》べた。
夜《よる》になると、おきまりの怪談《かいだん》となった。

怪談《かいだん》をはじめてまもなく、とつぜん、居間《いま》のだんろの横《よこ》にある電話《でんわ》がなった。

リリーン、リンリンというなんだか古《ふる》めかしい音《おと》だった。いまではめったにないダイヤルをまわす電話《でんわ》だ。

「えっ！　ここの電話《でんわ》はつかえないってママがいっていたのに」

と香織《かおり》がびっくりしたようにいった。

四人《にん》が顔《かお》を見《み》あわせているうちに、電話《でんわ》はきれた。

怪談《かいだん》をつづけた。富士山《ふじさん》の樹海《じゅかい》で死《し》んだ人《ひと》が自宅《じたく》に電話《でんわ》をしてきたというエリの話《はなし》のあと、美紀《みき》が叔父《おじ》さんから聞《き》いた、むかしの兵隊《へいたい》さんたちが行進《こうしん》するという怪談《かいだん》をはじめたときだ。また電話《でんわ》がかかってきた。

「だれからだろう」

電話《でんわ》はいつまでもなりつづけていた。

そこで、香織《かおり》がこわごわ受話器《じゅわき》をとると、電話《でんわ》のむこうでおおぜいの人《ひと》が行進《こうしん》するような靴音《くつおと》が聞《き》こえた。そして、電話《でんわ》はプツリときれた。

「聞《き》こえた?」

と香織《かおり》が聞《き》くと、三人《にん》はうなずいた。

みんな電話《でんわ》のそばによってきて、耳《みみ》をすませていたのだ。

「いまのは、なに？」

「兵隊《へいたい》さんの行進《こうしん》する靴音《くつおと》みたい」

「なんでそんな電話《でんわ》がかかってくるの？　気持《きも》ちが悪《わる》い！」

と大《おお》さわぎになったけれど、そのあと好《す》きな男《おとこ》の子《こ》を告白《こくはく》しあったりして、すっかり電話《でんわ》のこともわすれてしまった。

二日目《ふつかめ》は、前日《ぜんじつ》にきめた予定《よてい》どおり、海《うみ》に行《い》って泳《およ》ぎ、午後《ごご》はもってきたお気《き》に入《い》りのCD《シーディー》をながしながら、おしゃべりをしてすごした。

夕方《ゆうがた》になって、

「今日《きょう》はお料理《りょうり》するのはやめて、なにか注文《ちゅうもん》してとどけてもらおうよ」

ということになって、別荘《べっそう》においてあるおそば屋《や》のメニューからえらぶ

ことにした。

「わたし、ダイヤル電話《でんわ》、かけてみたい！」

とエリがいって、だんろの横《よこ》の電話《でんわ》から注文《ちゅうもん》しようとした。だが、受話器《じゅわき》をとってもうんともすんともいわない。

「この電話《でんわ》、だめだよ。つうじてないよ」

「きのうは、かかってきたのにね」

結局《けっきょく》、エリは携帯電話《けいたいでんわ》で注文《ちゅうもん》をした。

夜《よ》がふけてから、また怪談《かいだん》をすることになった。

「今日《きょう》は、兵隊《へいたい》さんの話《はなし》はやめようね」

とみどりがいって、夜中《よなか》に学校《がっこう》のピアノがかってになる怪談《かいだん》や身《み》がわりに死《し》んだ動物《どうぶつ》の話《はなし》などをしていた。

ところが、お墓《はか》の話《はなし》になったとき、とつぜん、別荘《べっそう》のどこかからわかい男《おとこ》たちのすすり泣《な》くような声《こえ》が聞《き》こえ、そのあと兵隊《へいたい》さんが行進《こうしん》するような靴音《くつおと》がした。

四人《にん》はパニックになり、その日《ひ》は四人《にん》いっしょの部屋《へや》で休《やす》み、翌日《よくじつ》、予定《よてい》をはやめて家《いえ》に帰《かえ》ることにした。

翌朝《よくあさ》、帰《かえ》る前《まえ》に別荘《べっそう》の戸《と》じまりをしていたとき、またたんろの横《よこ》の電《でん》話《わ》がなった。

「キャー」

四人《にん》は電話《でんわ》には出《で》ないで、にげるように別荘《べっそう》をはなれた。

帰《かえ》ってから聞《き》いたところによると、別荘《べっそう》の電話《でんわ》はもう数年前《すうねんまえ》からとめてあり、かからないはずだったということだ。

翌年《よくとし》、香織《かおり》の祖父母《そふぼ》の別荘《べっそう》はとりこわしになった。家《いえ》がとりこわされてわかったことだけれど、だんろの裏《うら》の物置《ものおき》から陸軍関係《りくぐんかんけい》の書類《しょるい》が出《で》てきたそうだ。

太平洋戦争中《たいへいようせんそうちゅう》、別荘《べっそう》は陸軍《りくぐん》がつかっていたらしく、軍《ぐん》の関係者《かんけいしゃ》がたくさん出入《でい》りしていて、その人《ひと》たちの指揮《しき》した部隊《ぶたい》は、その後中国大陸《ごちゅうごくたいりく》でほぼ全滅《ぜんめつ》している。

別荘《べっそう》でのふしぎな話《はなし》を聞《き》いた香織《かおり》のパパがいったそうだ。

「七十年《ねん》以上《いじょう》たっても、あの家《いえ》には戦争《せんそう》で死《し》んだ兵隊《へいたい》さんたちの無念《むねん》な思《おも》いがのこっていたのかなあ」

白《しろ》い犬《いぬ》と電話《でんわ》ノイズ

千世繭子《ちせまゆこ》

そのできごとは、一本《ぽん》の電話《でんわ》からはじまった。

「だから、その家《いえ》はだめっていったのに」

母《かあ》さんが妹《いもうと》の道《みち》おばさんと電話《でんわ》で話《はな》していた。おばさんは、親《しん》せき中《じゅう》の反対《はんたい》をおしきって、わけありの大《おお》きな家《いえ》にひっこしたばかりだった。

「こして一週間《しゅうかん》よ。それで政夫《まさお》さんが入院《にゅういん》だなんて。うわさどおりじゃない。おはらい……」

　そこまでいうと、キイーンキイーン、ガガア
ガガアと、ひどいノイズ音《おん》がひびいた。
「きれちゃった」
　ひどくいやな音《おと》が耳《みみ》にのこった。それは、い
やな予感《よかん》とかさなった。わけありというのは、
いままでその家《いえ》に住《す》んでいた人《ひと》たちがつづけて
病気《びょうき》になっているという話《はなし》だった。

　そんなことがあって、三日目《みっかめ》のことだった。
その日《ひ》は、武道館《ぶどうかん》での剣道《けんどう》のけいこがある日《ひ》

だった。

「哲《てっ》ちゃん、剣道《けんどう》のけいこ、はやめにいかない？」

友《とも》だちの芳雄《よしお》がさそいにきた。

「シロコにおやつもっていくんでしょう」

シロコは、武道館《ぶどうかん》のとなりにある神社《じんじゃ》に住《す》みついた白《しろ》い犬《いぬ》で、二匹《ひき》の子犬《こいぬ》をうんでいた。

「シロコそっくり。みんな白《しろ》いね」

子育《こそだ》て中《ちゅう》のシロコは、いくら食《た》べても、がりがりにやせていた。

「すごいね。ずっとおっぱいやってさ」

「うん、シロコえらいね。ちょっと、休《やす》ませてやろうか」

ぼくたちは、おっぱいからはなれない、まん丸《まる》な子犬《こいぬ》を一匹《ぴき》ずつだきあげて、道場《どうじょう》にあがった。

「子犬《こいぬ》なんか入《い》れて、おこられないかな?」

「だいじょうぶ。今日《きょう》、先生《せんせい》はどっかでおはらいの仕事《しごと》してるからさ。おくれるさ」

先生《せんせい》は、となりの神社《じんじゃ》の宮司《ぐうじ》でもある。

子犬《こいぬ》たちは、すぐにドタバタ道場《どうじょう》の中《なか》で遊《あそ》びはじめた。

「子犬《こいぬ》もけいこしてるみたいだね」

笑《わら》ったそのとき、ガシャンとにぶい音《おと》が

した。

「あっ！」

とぼくたちは声《こえ》をあげた。

「か、か、刀《かたな》！」

床《とこ》の間《ま》の刀《かたな》かけにおいてあった刀《かたな》を二匹《ひき》の子犬《こいぬ》は、ひきおとした。

「おいおい、あぶねぇよ、おチビさん」

ちょうどもどってきた先生《せんせい》は、すーっと近《ちか》づくと刀《かたな》をとりあげた。

「子犬《こいぬ》が刀《かたな》で遊《あそ》ぶってことがあるんだね。白《しろ》い犬《いぬ》は邪気《じゃき》をはらうっていうが、おもしろいや」

先生《せんせい》はなんだかうれしそうにいった。

「古《ふる》い武道《ぶどう》の技《わざ》の中《なか》にも、刀《かたな》で、邪気《じゃき》をはらう技《わざ》があるんだが……。うん、子犬《こいぬ》がねぇ」

先生《せんせい》は、自分《じぶん》にいうようにつぶやいた。

このとき、ぼくはこの子犬《こいぬ》たちには、とくべつな力《ちから》がやどっているんじゃないかって気《き》がした。

家《いえ》に帰《かえ》るとぼくは母《かあ》さんに、道場《どうじょう》でのことを話《はな》した。すると母《かあ》さんは、またおばさんに電話《でんわ》をかけた。

「もしもし、神社《じんじゃ》のシロコがね。子犬《こいぬ》をうんだのよ。真《ま》っ白《しろ》でね。白《しろ》い犬《いぬ》は邪気《じゃき》をは…キイーン、ギャオー、ダダダダダア」

なにかのさけび声《ごえ》のような、電話《でんわ》のノイズ。

「もしもし、道子《みちこ》！　聞《き》こえてる！」

母《かあ》さんの声《こえ》をじゃますように電話《でんわ》はきれた。


「へえ、電話《でんわ》をじゃまするか……その家《いえ》は……」

先生《せんせい》は首《くび》をかしげてすこし考《かんが》えていた。

「あの二匹《ひき》は、神社《じんじゃ》の狛犬《こまいぬ》のかわりにおこうと思《おも》ってる。だから、哲《てつ》のおばさんのところにはやれないが、その家《いえ》で遊《あそ》ばせてみたら」

「道場《どうじょう》で遊《あそ》んでた、みたいにですか？」

「まあ調査《ちょうさ》だな。仕事《しごと》があるから行《い》けないが、なにかあったら、携帯《けいたい》でれんらくをくれ」

「なんかあってからじゃおそいって」

芳雄《よしお》はぶつくさいった。


ぼくたちは、チビ犬《いぬ》をかかえて、おばさんの家《いえ》に出《で》かけた。おばさんは留守《るす》で、いとこの美紀《みき》ちゃんがいた。

「犬《いぬ》はダメよ。この家《いえ》には入《い》れないで!」

犬好《いぬず》きだからよろこぶと思《おも》ったのに、ようすがいつもとちがう。

(きつい顔《かお》。だめかな……)

「あっ、チビ!」

チビ犬《いぬ》は、ひるんだぼくの手《て》からすりぬけ、美紀《みき》ちゃんにとびついた。

「ぎゃーーー」

化《ば》け猫《ねこ》みたいな声《こえ》をあげて、美紀《みき》ちゃんはあとずさりした。そのとき、美紀《みき》ちゃんの体《からだ》から、黒《くろ》い影《かげ》がはなれた。すーと家《いえ》のおくにきえた。

その黒《くろ》い影《かげ》をおって、チビ犬《いぬ》たちは、細長《ほそなが》い家《いえ》のおくまでかけていった。

「こら待《ま》って、待《ま》ってったら」

「ウ、ウーーワン」

と、行《い》き止《ど》まりのかべの前《まえ》で、子犬《こいぬ》のくせに歯《は》をむきだして、二匹《ひき》はうなった。芳雄《よしお》は、そのようすを動画《どうが》でとった。

「なんだこれは？」

動画《どうが》にうつっていた黒《くろ》い影《かげ》は、ぼんやりと猫《ねこ》の形《かたち》にみえた。

先生《せんせい》が、しらべてくれたところによると、家《いえ》のうしろには川《かわ》が流《なが》れていた。すこし手前《てまえ》に橋《はし》があり、むかしは「猫《ねこ》すて橋《ばし》」とよばれて、猫《ねこ》が川《かわ》にすてられていたらしい。ちょうど家《いえ》の裏手《うらて》で川《かわ》がまがっていた。

「すてられた猫《ねこ》のなきがらは、そこにあつまったんじゃないか。家《いえ》のうしろには、供養《くよう》の石《いし》があったんだが、位置《いち》がずれていたよ。それにチビたちがおいつめたあの場所《ばしょ》は、鬼門《きもん》だな」

鬼門《きもん》というのは、家《いえ》の東北《とうほく》にあたる場所《ばしょ》のこと。鬼《おに》がとおる門《もん》というけれど、本来《ほんらい》はエネルギースポットで清《きよ》めておかなければならない場所《ばしょ》なんだと、先生《せんせい》は教《おし》えてくれた。

「これでおさまると思《おも》うよ」

先生《せんせい》は、供養《くよう》の石《いし》をもとにもどし、家《いえ》の中《なか》のかべには魔《ま》よけの札《ふだ》をはってくれた。

おじさんが退院《たいいん》したという知《し》らせがきたのは、それからすぐのことだった。

オウマガドキ学園《がくえん》生徒《せいと》たち
VS《バーサス》
サイバー魔人《まじん》5
休《やす》み時間《じかん》
さいごの問題《もんだい》「わたしはだ～れ？」か……
つまりサイバー魔人《まじん》の正体《しょうたい》はだれかってことだよね
うしみつトオル博士《はかせ》じゃないか？あの博士《はかせ》はちょっとあやしかったし……
うしみつ博士《はかせ》はこんなことしないよ！きっとつくも神《がみ》パソコンが暴走《ぼうそう》してるんだよ
ふ……きっといままでの問題《もんだい》になにかヒントがあるはずだぞ
一問目《もんめ》の答《こた》えは「グー」
二問目《もんめ》の答《こた》えは「レ」
三問目《もんめ》の答《こた》えは「6」
四問目《もんめ》の答《こた》えは「リン」
帰《かえ》りのHR《ホームルーム》につづく
あ！
わかったよ！

6時間目《じかんめ》

ナビ

岡野久美子《おかのくみこ》

大学生《だいがくせい》の胡桃《くるみ》は、すこし前《まえ》に運転免許《うんてんめんきょ》をとった。親友《しんゆう》の麻友《まゆ》をさそって、今日《きょう》がはじめてのドライブだ。

「おはよう、麻友《まゆ》」

「おはよう。いい天気《てんき》でよかったね」

麻友《まゆ》が助手席《じょしゅせき》にのりこむ。胡桃《くるみ》がいった。

「ちょっと待《ま》ってね。ナビ、セットするから。えーっと、行《い》き先《さき》は植物《しょくぶつ》

園《えん》、経由地《けいゆち》は海《うみ》の見《み》えるレストラン」

ナビの音声案内《おんせいあんない》がはじまる。

――およそ百メートル先《さき》、右方向《みぎほうこう》です。

平日《へいじつ》で道《みち》はすいている。

「胡桃《くるみ》、運転《うんてん》なかなかうまいよ」

「ありがとう。安全運転《あんぜんうんてん》するからね」

――まもなく、信号《しんごう》を左方向《ひだりほうこう》です。

車《くるま》は細《ほそ》い道《みち》に入《はい》り、うねうねした坂《さか》をのぼっていく。

――経由地《けいゆち》、到着《とうちゃく》です。

赤《あか》いレンガの建物《たてもの》は、海《うみ》を見《み》おろす高台《たかだい》にあった。

「かわいいレストラン。写真《しゃしん》とっちゃおう」

写真《しゃしん》をとっていた麻友《まゆ》は、胡桃《くるみ》におくれて中《なか》に入《はい》る。

「あれっ？」

麻友《まゆ》は、自動《じどう》ドアがなかなかしまらないのに、気《き》がついた。

「麻友《まゆ》、どうしたの？」

「ゆっくりしまるドアだなと思《おも》って……」

「ほんとだ」

ふたりはまどぎわの席《せき》に案内《あんない》された。まどの外《そと》には真《ま》っ青《さお》な海《うみ》と空《そら》が広《ひろ》がっている。

「すごい！　見《み》はらしがいいね」

ウェイターがメニューとコップの水《みず》を三《みっ》つもってきてくれた。

「えーっと、お客様《きゃくさま》、三名様《めいさま》でしたよね？」

胡桃《くるみ》と麻友《まゆ》は顔《かお》を見《み》あわせる。

「えっ？　うちらふたりだけど……」

「そう、ですか……」

ウェイターは首《くび》をかしげながら、コップをひとつさげていった。

胡桃《くるみ》が、

「見《み》まちがえたのかな……」

というと、麻《ま》友《ゆ》のおなかがググーっとなった。

「ははは。おなかで返事《へんじ》しちゃった」

「麻《ま》友《ゆ》、おなかすいてるね。はやくたのもう」

レストランのランチはとびきりおいしかった。まんぞくしたふたりはまた車《くるま》にのりこむ。

「つぎの目的地《もくてきち》は植物園《しょくぶつえん》だよ」

胡桃《くるみ》がそういいながら、エンジンをかけると、ふたたびナビの指示《しじ》がはじまった。

——右方向《みぎほうこう》です。

植物園《しょくぶつえん》に到着《とうちゃく》すると、麻友《まゆ》は目《め》をみはった。

「きれい！　赤《あか》い花《はな》がまるでじゅうたんみたい」

「かおりもいいよね。ネットでしって、ここにきたかったんだ」

いろいろな花《はな》を見《み》て、ふたりが帰《かえ》るころには、あたりはすっかりくらくなっていた。

胡桃《くるみ》がナビをセットする。

「目的地《もくてきち》は自宅《じたく》にしておこう。麻友《まゆ》の家《いえ》はすぐ近《ちか》くだもん」

帰《かえ》りの車内《しゃない》で麻友《まゆ》がいった。

「あのさあ……。レストランでのこと、いまごろ気《き》になっちゃって」

「えっ？　なにが？」

「ドアがなかなかしまらなかったり、ウェイターさんが三人《にん》か、聞《き》いてきたり。なんとなく比呂華《ひろか》のこと、思《おも》いだしちゃった……」

比呂華《ひろか》は胡桃《くるみ》と麻友《まゆ》の幼《おさな》なじみ。去年《きょねん》、病気《びょうき》で亡《な》くなってしまったけど、それまでどこに行《い》くのも三人《にん》いっしょだった。

胡桃《くるみ》は鼻《はな》のおくがつんとなった。

「比呂華《ひろか》が生《い》きていたら、三人《にん》できたよね……」

麻友《まゆ》がうなずく。

「うん。わたし、いまでも比呂華《ひろか》が亡《な》くなったなんて、しんじられないんだ」

「そうだよね。入院《にゅういん》していた病院《びょういん》の前《まえ》をとおると、まだそこに比呂華《ひろか》がいるような気《き》がするし……」

ナビの音声《おんせい》がふたりの会話《かいわ》をさえぎった。

――百メートル先《さき》、大《おお》きく右方向《みぎほうこう》です。

胡桃《くるみ》はあれっと思《おも》った。

「こんなところをまがるって、へんじゃない？」

「ナビがすいてる道《みち》をえらんだんじゃないの？」

麻友《まゆ》がいうと、

「そうか」

胡桃《くるみ》はうなずいて、ナビのいうとおりに運転《うんてん》した。

――目的地《もくてきち》につきました。

そこは大《おお》きな白《しろ》い建物《たてもの》の前《まえ》だった。

「えっ！」

ふたりはどうじに声《こえ》をあげる。

「比呂華《ひろか》が入院《にゅういん》していた病院《びょういん》だ！」

やっぱり比呂華《ひろか》はふたりといっしょだったらしい。

ながめのいい場所《ばしょ》

岩倉千春《いわくらちはる》

「あ、このへんもいいなあ。絵《え》になる」

弘樹《ひろき》はカメラをかまえて撮影《さつえい》をはじめた。

「だろう？　この山《やま》はこれといった名所《めいしょ》はないけど、景色《けしき》はいいんだ」

と、圭太《けいた》がこたえた。

弘樹《ひろき》は大学《だいがく》一年生《ねんせい》。最近《さいきん》は、スマホやデジカメで動画《どうが》をとってパソコンで編集《へんしゅう》するのにこっている。

夏休《なつやす》みに帰省《きせい》する圭太《けいた》にさそわれて、弘樹《ひろき》は圭太《けいた》の地元《じもと》にきていた。都会《とかい》そだちの弘樹《ひろき》には、いつも見《み》なれた風景《ふうけい》とはまるで別世界《べっせかい》だった。木々《きぎ》の緑《みどり》もひときわあざやかで、青《あお》い空《そら》はまぶしいくらいだ。

「いいねえ。人《ひと》にも会《あ》わないし、電柱《でんちゅう》も建物《たてもの》も入《はい》らない」

ふたりはときどき撮影《さつえい》しながら、圭太《けいた》の案内《あんない》で気《き》ままに山歩《やまある》きをした。山《やま》といっても、ハイキング感覚《かんかく》で気軽《きがる》に歩《ある》けるところばかり。カメラをうごかすのはもっぱら弘樹《ひろき》で、圭太《けいた》はいい撮影《さつえい》スポットを教《おし》えたり、その場《ば》で見《み》えるものを説明《せつめい》したりしていた。

崖《がけ》にそった道《みち》を歩《ある》きながら撮影《さつえい》をつづける弘樹《ひろき》に、圭太《けいた》がうしろから声《こえ》をかけた。

「足《あし》もとに気《き》をつけて。この崖《がけ》、けっこう高《たか》いんだ」

ゆったりした上《のぼ》り坂《ざか》をあがりきったところに、大《おお》きな岩《いわ》がつきだしていた。弘樹《ひろき》はその上《うえ》に立《た》ってあたりを見《み》まわした。

「ここのながめ、最高《さいこう》だな」

空《そら》が広《ひろ》くて、気持《きも》ちが晴《は》ればれする。ゆっくりカメラをうごかして風景《ふうけい》を撮影《さつえい》し、むきをかえようとしたとき、弘樹《ひろき》はよろけそうになった。

「ほら、あぶないよ。ここからおちて死《し》んだ人《ひと》もいるんだから」

圭太《けいた》がうしろから弘樹《ひろき》の腕《うで》をつかんだ。

「へえ、そうなんだ」

下《した》をのぞきこむと、薮《やぶ》がしげる中《なか》に、大《おお》きな石《いし》がごろごろしていると

ころもある。弘樹《ひろき》は思《おも》わずぶるっと身《み》ぶるいしてうしろにさがった。
そのあとも、ふたりは風景《ふうけい》や植物《しょくぶつ》を撮影《さつえい》して半日《はんにち》すごした。
その夜《よる》、弘樹《ひろき》は圭太《けいた》の部屋《へや》でノートパソコンをひろげて、昼間撮影《ひるまさつえい》した写真《しゃしん》や動画《どうが》の編集《へんしゅう》をはじめた。
「とりすぎちゃったから、思《おも》いきって短《みじか》くしないと。……うーん、このへんは全部《ぜんぶ》カットかなあ。でも、ちょっと捨《す》てがたいし……ここはぜったいのこしたいな……」

小声《こごえ》でぶつぶついいながら作業《さぎょう》をつづけていたが、とつぜん、声《こえ》をあげた。

「あれ？」

「どうした？」

と圭太《けいた》がのぞきこむ。

「あの崖《がけ》の岩《いわ》の、かなり手前《てまえ》のところからとった部分《ぶぶん》なんだけど、スロー再生《さいせい》してたらさ……」

そういいながら、弘樹《ひろき》が動画《どうが》をひとコマずつ進《すす》めていった。

「え？」

と、圭太《けいた》も大《おお》きな声《こえ》になった。
一瞬《いっしゅん》、崖《がけ》っぷちに立《た》っている人《ひと》の姿《すがた》が見《み》えた。
「この人《ひと》、このひとコマにだけうつっているんだ」
弘樹《ひろき》はもう一度《いちど》、すこし前《まえ》からコマおくりした。たしかに、崖《がけ》につきだした岩《いわ》に男《おとこ》が立《た》っている。ちょっと顔《かお》を上《うえ》にむけて空《そら》をながめているような姿《すがた》が、シルエットになってうつっているのだ。でも、その前《まえ》のコマにもうしろのコマにも、男《おとこ》の姿《すがた》はない。

「あそこにはだれもいなかったし、へんだよね。……もしかして、崖《がけ》からおちて死《し》んだって、こんな人《ひと》だったのかな」

弘樹《ひろき》がたずねると、圭太《けいた》は首《くび》をひねった。

「さあ……。ずいぶん前《まえ》のことだから、くわしいことはしらないんだ。でも、そのあと、あのへんからおちてけがをする人《ひと》がつづいたとかで、子《こ》どものころから、気《き》をつけるようにいわれてるんだよ。なにかにひっぱられるとか、うわさになったこともあるらしい。おれは一度《いちど》もそんなふうに感《かん》じたことはないけど」

止《と》まった画面《がめん》の中《なか》で、シルエットの男《おとこ》は気持《きも》ちよさそうに景色《けしき》をながめているようだった。

帰《かえ》りのHR《ホーム ルーム》

オオカミ男《おとこ》のウォルとドラキュラくんは、みんなをつれてパソコン室《しつ》にもどってきました。

フランケン先生《せんせい》は、パソコンを分解《ぶんかい》して、いっしょうけんめいにしゅうりしています。

「先生《せんせい》、サイバー魔人《まじん》の正体《しょうたい》がわかりました」

ウォルの言葉《ことば》に、みんなが注目《ちゅうもく》します。

「四《よっ》つのクイズの答《こた》えは、グー、レ、6、リン」

ドラキュラくんがさらに説明《せつめい》をします。

「6はムとも読《よ》むから、答《こた》えはグレムリンです！」

グレムリンとは、機械《きかい》にとりついていたずらをする妖精《ようせい》です。

「ウガ！　なるほど、パソコンにグレムリンがとりついていたのか」

「キヒヒヒ！　大正解《だいせいかい》！」

そういって、パソコンからグレムリンがとびだしてきました。

「ウガ！　きみはグレムリンのグレオくんじゃないか。授業《じゅぎょう》をサボって
ばかりだと思《おも》ったら、またこんないたずらをして……」

「だって、おいらもみんなと遊《あそ》びたくなったんだもん」

キヒヒヒヒヒ……

「その気持《きも》ち、わかるよ」

天井《てんじょう》クモ助《すけ》がいいました。

「ぼくも前《まえ》は学校《がっこう》に行《い》きたくなかったけれど、友《とも》だちっていいなって思《おも》って入学《にゅうがく》したんだもん」

「みんなもおいらとクイズ対決《たいけつ》して、楽《たの》しかっただろ？」

「たしかにおもしろかったわね」

幽麗華《ゆうれいか》の言葉《ことば》に、みんなもうんうんとうなずきます。

「それにしても、ウォルとドラキュラくん、よく犯人《はんにん》がグレムリンだってわかったわね」

トイレの花子《はなこ》はふたりにすっかり感心《かんしん》しています。

「ぼくらはヨーロッパ生《う》まれだから、おなじヨーロッパ生《う》まれのグレムリンのことをしっていただけだよ」

ウォルもドラキュラくんもみんなにほめられて、ちょっとてれくさい気分《きぶん》です。

「それじゃ、一件落着《いっけんらくちゃく》ってことで、放課後《ほうかご》はグレオくんもいっしょに遊《あそ》ぼう！」

河童《かっぱ》の一平《いっぺい》のよびかけに、みんなも大《おお》もりあがりです。

と、そこへぬっと大《おお》きな影《かげ》が近《ちか》よってきました。フランケン先生《せんせい》です。

「ウガウガ。仲《なか》よくするのはいいことだ。でも、グレオくん、いたずらのバツはしっかりうけるのだ。遊《あそ》ぶのはそれからだぞ」

フランケン先生《せんせい》は、グレオの体《からだ》をがっちりつかむと、職員室《しょくいんしつ》へひっぱっていくのでした。

「ウガ！　グレオくん、反省文《はんせいぶん》十枚《まい》！」

「ひ、ひぇーー！」

グレオの悲鳴《ひめい》が、校舎《こうしゃ》にひびきわたりました。

解説《かいせつ》

岩倉《いわくら》千春《ちはる》

こんばんは。今夜《こんや》の授業《じゅぎょう》はいかがでしたか。今回《こんかい》はスマホやパソコンやカメラなどの話《はなし》でした。パソコンやスマホは、ふだんよくつかっている人《ひと》でも、中《なか》のしくみはわからないことが多《おお》いものです。うまくつかえているあいだは、魔法《まほう》のように便利《べんり》な道《どう》具《ぐ》ですが、いったん思《おも》うようにうごかなくなると、魔物《まもの》に意地悪《いじわる》をされているように思《おも》えたりします。

「はじまりのHR《ホームルーム》」では、パソコン室《しつ》での授業《じゅぎょう》に、オウマガドキ学園《がくえん》の生徒《せいと》たちはみんなわくわくしています。ところがフランケン先生《せんせい》が話《はなし》をはじめたとたんにパソコンがうごかなくなり、サイバー魔人《まじん》から生徒《せいと》たちへの挑戦状《ちょうせんじょう》が画面《がめん》にあらわれました。

1時間目《じかんめ》の**「パスワードは『4219』」**では、ひろったスマホに4219（死《し》に行《い》く）とじょうだんで入《い》れたら、それが正《ただ》しいパスワードでした。スマホに道案内《みちあんない》をしてもらって、持《も》ち主《ぬし》の家《いえ》までとどけにいくと、ついたところは死神《しにがみ》の家《いえ》でした。スマホをひろったら、かってにいじったりしないほうが無難《ぶなん》です。**「スマホの呪《のろ》い」**では、腹立《はらだ》ちまぎれにスマホにメモした悪口《わるくち》や呪《のろ》いが、けせなくなってしまいます。「人《ひと》を呪《のろ》わば穴《あな》ふたつ」というように、呪《のろ》った相手《あいて》だけでなく、呪《のろ》った本人《ほんにん》にも悪《わる》いことがおこることがあるものです。かるがるしく呪《のろ》いの言葉《ことば》を口《くち》にしたり書《か》いたりするものではありませんね。

休《やす》み時間《じかん》は**「VS《バーサス》サイバー魔人《まじん》」**。クイズバトルがくりひろげられます。

2時間目《じかんめ》の**「優秀《ゆうしゅう》なカメラマン」**は、幽霊《ゆうれい》が出《で》るとうわさされる場所《ばしょ》での撮影中《さつえいちゅう》に、ふしぎな発光体《はっこうたい》がうつったという話《はなし》です。写真《しゃしん》などにうつる、空中《くうちゅう》にただよう丸《まる》い発《はっ》光体《こうたい》はオーブとよばれ、心霊現象《しんれいげんしょう》だとも、ほこりが光《ひか》っているのだともいわれます。

「リモコンどこ?」では、お母《かあ》さんが亡《な》くなったおじいちゃんの姿《すがた》を見《み》かけます。亡《な》くなってから四十九日《しじゅうくにち》たつと、死者《ししゃ》があの世《よ》へ行《い》くという考《かんが》え方《かた》があります。それまではあの世《よ》とこの世《よ》のあいだをさまよっているとか。リモコンにだれもさわっていないのに、エアコンがついたりきえたりしたのは、まだあの世《よ》にたどりつかないでいるおじいちゃんのしわざだったのでしょうか。

3時間目《じかんめ》の**「かきかけのマンガ」**は、三人《にん》でマンガをかいていた高校生《こうこうせい》の話《はなし》です。そのうちのひとり、ユラが急死《きゅうし》したにもかかわらず、マンガはすこしずつ完成《かんせい》していきます。死《し》んだユラがかいていると思《おも》ってびっくりしますが、じつはアミがしあげていたのでした。でもアミがマンガのデータをおくったのは部室《ぶしつ》のパソコンだけ。では、情報室《じょうほうしつ》やスマホにデータをおくったのはだれ？　やはりユラはマンガを完成《かんせい》させたいと思《おも》っていたのでしょうね。**「レンタルのパソコン」**では、優太《ゆうた》がパソコンの電源《でんげん》を入《い》れると、「あと4日《よっか》」という謎《なぞ》の文字《もじ》がうかびあがります。前《まえ》にそのパソコンをつかっていた人《ひと》たちが、「0日《ゼロにち》」になった日《ひ》に事故《じこ》で大《おお》けがをしたとしって、優太《ゆうた》は必死《ひっし》になって仕事《しごと》を終《お》わらせます。するとパソコンにくやしがる言葉《ことば》があらわれました。このパソコンになにかがとりついて、事故《じこ》をおこさせていたのでしょうか。

4時間目《じかんめ》の**「海《うみ》で会《あ》いましょう」**は、スペインの話《はなし》です。見《み》しらぬアドレスからのメッセージにこたえているうちに、海岸《かいがん》で会《あ》おうとさそわれます。相手《あいて》の少女《しょうじょ》は五年《ねん》前《まえ》に死《し》んでいて、男《おとこ》の子《こ》をゆうわくして海《うみ》にひきこんでいたのです。しらない人《ひと》からのメールは要注意《ようちゅうい》です。**「あらわれなかった男《おとこ》」**では、ユウトがネットでしりあった人《ひと》たちとのオフ会《かい》に出《で》かけます。キヨシがこないので家《いえ》をたずねていくと、二か月前《げつまえ》に亡《な》くなっていました。キヨシはあの世《よ》からネットに書《か》きこみをしていたようです。

給食《きゅうしょく》の時間《じかん》の**「三人《にん》でとった写真《しゃしん》」**では、校長先生《こうちょうせんせい》の下半身《かはんしん》が半透明《はんとうめい》になって写真《しゃしん》にうつりました。とりなおしをたのもうと電話《でんわ》すると、校長先生《こうちょうせんせい》はたおれて入院中《にゅういんちゅう》で、やがて亡《な》くなってしまいます。すけてうつったのは、死《し》の前《まえ》ぶれだったのでしょう。

5時間目《じかんめ》の**「つかえないはずの電話《でんわ》」**では、古《ふる》い洋館《ようかん》で怪談《かいだん》をしていると、何年《なんねん》も前《まえ》からとめてあった電話《でんわ》がとつぜんなりだします。兵隊《へいたい》さんの行進《こうしん》の怪談《かいだん》のあとで、かかってきた電話《でんわ》をとると、靴音《くつおと》が聞《き》こえてきました。電話《でんわ》はあの世《よ》とつながっていたのでしょうか。**「白《しろ》い犬《いぬ》と電話《でんわ》ノイズ」**では、いわくつきの家《いえ》にひっこしたおばさんとの電話《でんわ》に、ひどい雑音《ざつおん》が入《はい》ってきれてしまいます。邪気《じゃき》をはらうという白《しろ》い子犬《こいぬ》をつれていくと、子犬《こいぬ》たちは黒《くろ》い影《かげ》のようなものをおいかけました。以前《いぜん》、家《いえ》のうしろの川《かわ》にすてられていた猫《ねこ》たちの霊《れい》が、いろいろな悪《わる》さをしていたようです。

6時間目《じかんめ》の**「ナビ」**は、ふたりでドライブに出《で》かけた大学生《だいがくせい》の話《はなし》です。立《た》ちよったレストランで、ウェイターがコップを三《みっ》つもってきます。帰《かえ》り道《みち》、ナビを自宅《じたく》にセットしたのに、ついたところは比呂華《ひろか》が入院《にゅういん》していた病院《びょういん》の前《まえ》でした。亡《な》くなった比呂《ひろ》華《か》がふたりといっしょにドライブに行《い》っていたのでしょう。**「ながめのいい場所《ばしょ》」**は山《やま》で撮影《さつえい》した動画《どうが》のひとコマだけに男《おとこ》の姿《すがた》がうつっていたという話《はなし》です。崖《がけ》からおちて死《し》んだ男《おとこ》は、ながめのいい岩《いわ》の上《うえ》でずっと景色《けしき》を楽《たの》しんでいるのかもしれません。

「帰《かえ》りのHR《ホームルーム》」では、サイバー魔人《まじん》から出《だ》されたクイズに、生徒《せいと》たちは力《ちから》をあわせてつぎつぎと正解《せいかい》し、おまけに魔人《まじん》の正体《しょうたい》までつきとめました。機械《きかい》にとりついていたずらをするヨーロッパ生《う》まれのグレムリンです。二十世紀《せいき》のはじめごろから、飛行機《ひこうき》の調子《ちょうし》が悪《わる》いと、グレムリンのしわざだといったそうです。グレムリンのグレオが学《がく》園《えん》の仲間《なかま》にくわわりました。あしたもみんな元気《げんき》に登校《とうこう》しましょう。

怪談オウマガドキ学園編集委員会
常光　徹（責任編集）　岩倉千春
大島清昭　高津美保子　米屋陽一

協力
日本民話の会

怪談オウマガドキ学園
22 パソコン室のサイバー魔人

2017年4月10日　第1刷発行

怪談オウマガドキ学園編集委員会・責任編集 ■ 常光 徹
絵・デザイン ■ 村田桃香（京田クリエーション）
絵 ■ かとうくみこ　山﨑克己
写真 ■ 岡倉禎志
撮影協力 ■ 東京都檜原村数馬分校記念館

発行所　株式会社童心社
〒112-0011 東京都文京区千石4-6-6
03-5976-4181（代表）　03-5976-4402（編集）
印刷　株式会社光陽メディア
製本　株式会社難波製本

Published by DOSHINSHA　Printed in Japan
ISBN978-4-494-01730-0　NDC913　158p　17.9×12.9cm
http://www.doshinsha.co.jp/

もう読《よ》んだ？

怪談《かいだん》オウマガドキ学園《がくえん》シリーズ

1. 真《ま》夜《よ》中《なか》の入《にゅう》学《がく》式《しき》
「学校《がっこう》・夜《よる》・時間《じかん》」の怪談《かいだん》

2. 放《ほう》課《か》後《ご》の謎《なぞ》メール
「ケータイ・メール・ゲーム」の怪談《かいだん》

3. テストの前《まえ》には占《うらな》いを
「霊感《れいかん》・占《うらな》い・予知《よち》」の怪談《かいだん》

4. 遠《えん》足《そく》は幽《ゆう》霊《れい》バスで
「乗《の》り物《もの》・旅行《りょこう》」の怪談《かいだん》

5. 冬《ふゆ》休《やす》みのきもだめし
「冬《ふゆ》」の怪談《かいだん》

6. 幽《ゆう》霊《れい》の転《てん》校《こう》生《せい》
「幽霊《ゆうれい》」の怪談《かいだん》

7. うしみつ時《どき》の音《おん》楽《がく》室《しつ》
「音《おと》・におい」の怪談《かいだん》

8. 夏《なつ》休《やす》みは百物語《ひゃくものがたり》
「夏《なつ》」の怪談《かいだん》

9. 猫《ねこ》と狐《きつね》の化《ば》け方《かた》教《きょう》室《しつ》
「動物《どうぶつ》」の怪談《かいだん》

10. 4時《じ》44分《ぷん》44秒《びょう》の宿題《しゅくだい》
「数《かず》・算数《さんすう》」の怪談《かいだん》

11. 休《やす》み時間《じかん》のひみつゲーム
「遊《あそ》び」の怪談《かいだん》

12. ぶきみな植《しょく》物《ぶつ》観《かん》察《さつ》
「植物《しょくぶつ》」の怪談《かいだん》

13. 妖《よう》怪《かい》博士《はかせ》の特《とく》別《べつ》授《じゅ》業《ぎょう》
「妖怪《ようかい》・妖精《ようせい》」の怪談《かいだん》

14. あやしい月《つき》夜《よ》の通《つう》学《がく》路《ろ》
「天気《てんき》・天体《てんたい》」の怪談《かいだん》

15. ぞくぞくドッキリ学《がく》園《えん》祭《さい》
「体《からだ》」の怪談《かいだん》

16. 保《ほ》健《けん》室《しつ》で見《み》たこわい夢《ゆめ》
「夢《ゆめ》・ねむり」の怪談《かいだん》

17. 旧《きゅう》校《こう》舎《しゃ》のあかずの部屋《へや》
「建物《たてもの》」の怪談《かいだん》

18. 真《ま》夏《なつ》の夜《よ》の水《すい》泳《えい》大《たい》会《かい》
「水《みず》」の怪談《かいだん》

19. 図《ず》工《こう》室《しつ》のふしぎな絵《え》
「色《いろ》」の怪談《かいだん》

20. 妖《よう》怪《かい》たちの林《りん》間《かん》学《がっ》校《こう》
「山《やま》」の怪談《かいだん》

21. 春《はる》は恐《きょう》怖《ふ》の家《か》庭《てい》訪《ほう》問《もん》
「春《はる》」の怪談《かいだい》

22. パソコン室《しつ》のサイバー魔人《まじん》
「スマホ・電話《でんわ》・パソコン」の怪談《かいだん》

オウマガドキ学園《がくえん》 4コマ劇場《げきじょう》

パソコン修理《しゅうり》